IL SUO MILIARDARIO MISTERIOSO

CATTIVI RAGAZZI MILIARDARI - LIBRO 3

JESSA JAMES

Il Suo Miliardario Misterioso: Copyright © 2019 di Jessa James

Tutti i diritti riservati. Nessuna parte di questo libro può essere riprodotta o trasmessa in alcuna forma con nessun mezzo elettronico, digitale o meccanico, incluse, ma non solo, attività quali fotocopie, registrazioni, scanner o qualsiasi altro tipo di raccolta di dati e sistema di reperimento di informazioni senza il permesso esplicito e scritto dell'autore.

Pubblicato da Jessa James,
James, Jessa
Il Suo Miliardario Misterioso

Copyright di copertina 2017 di Jessa James, autrice
Immagini/foto di VitalikRadko; 4045qd; Ssilver

Nota dell'editore:
Questo libro è stato scritto per un pubblico adulto. Questo libro potrebbe contenere scene sessuali esplicite. Le attività sessuali incluse nel libro sono pure fantasie per adulti e ogni attività o rischio corso dai personaggi della finzione nella storia non è né approvato né incoraggiato dall'autore o dall'editore.

CAPITOLO PRIMO

nna

"Mi incazzo come una bestia se muoio per consegnare la spesa a quest'idiota," borbottai fra me e me, mentre afferravo il cambio e cercavo di ignorare il rimbalzo del mio vecchio idrovolante.

Ma era impossibile, dato che l'ultimo balzo mi aveva catapultato lo stomaco in gola. Venti minuti prima il cielo era diventato di un inquietante grigio scuro, un colore che non prometteva nulla di buono per me, l'unica pilota pazza che aveva deciso di volare lì fuori con quell'aeroplano che era di mio padre, tutto sgangherato, vecchio vent'anni.

Sarei dovuta essere a terra a leggere un bel libro,

ma quel coglione di Jack Buchanan, quel signorino viziato, si faceva consegnare la spesa a domicilio ogni settimana, e io non avrei rinunciato al mio lavoro. Avevo la fortuna – anzi, sfortuna – di essere l'unica che gli impediva di morire di fame. Da quando viveva nei boschi, a circa due ore da Anchorage in aereo, non poteva fare un salto in città per fare compere. C'era un piccolo villaggio di pescatori a circa trenta minuti di auto da casa sua, e consegnavo anche lì.

Un altro tuffo da rollercoaster fece sussultare l'aeroplano e io lottai per rimanere sulla buona strada.

Il tipo, Jack, o il coglione Jack come lo chiamavo io, grondava di soldi. Tanti soldi. Soldi di un bamboccio servito e riverito. Non avevo la più pallida idea del perché avesse abbandonato la città e fosse venuto quassù in Alaska. La maggior parte delle persone che si traferivano qui lo faceva per due motivi. Primo, perché avevano un'indole selvaggia. Jack Buchanan era bellissimo e rude, aveva dei muscoli stupendi, ma non era come i taglialegna rozzi che frequentavano i bar del posto in estate. E dato che la passione per la natura non gli scorreva nel sangue, allora rimaneva la seconda opzione... il resto delle persone veniva qui per nascondersi. Dalla legge. Da una ex. O altro. Poco mi importava, ma sapevo che la vita di molte di quelle persone dipendeva dalle mie consegne. E non avevo intenzione di far morire quel tizio di fame. E quindi, una volta a settimana avevo la seccatura di andare a fargli visita.

E sarebbe stato anche Ok, se avesse semplicemente riempito il modulo. Ma proprio come tante altre persone quassù, non aveva molta compagnia. E allora, quando andavo, gli piaceva salire sull'aeroplano, salutarmi, fare due chiacchiere mentre scaricavo la spesa.

Nonostante ci avessi parlato diverse volte per tanti mesi, non sapevo molto su di lui, soltanto che aveva più di trent'anni, era alto, aveva la carnagione scura, era di una bellezza disarmante e gli piacevano i biscotti PopTart al gusto di marshmallow e cioccolato. Ma non gli avevo mai detto di essere un figo da paura. I suoi vestiti gli stavano sempre troppo bene anche se erano della cooperativa locale, anche se era il look trasandato che avevano tutti in quella zona. Aveva il naso di una statua greca e degli zigomi così belli che avrei voluto strofinare il mio viso sul suo come un gatto. Mentre manteneva un profilo basso sul fatto che fossimo due delle poche persone piuttosto giovani e single della zona, vedevo i suoi occhi color cioccolato vagare sulle mie tette e sul mio culo quando scaricavo la sua spesa ogni settimana.

Mentirei se dicessi che invece i miei occhi non vagavano. Immaginai, a nome di tutte le donne del mondo, di doverlo tenere d'occhio, di osservare minuziosamente il rigonfiamento dei suoi pettorali sotto le sue camicie di flanella, le vene che correvano sui suoi avambracci, la pelle abbronzata dietro il suo collo. I suoi capelli castano scuro, scurissimo, ogni settimana diventavano più lunghi – doveva tagliarli. Altrimenti aveva bisogno di far scorrere le mie dita fra i suoi ricci ribelli. Volevo accarezzare quei capelli, volevo strappargli di dosso quella camicia di flanella. Volevo arrampicarmi su di lui, come su di un fottuto albero, e farmi spingere sul muro della sua baita fino a togliermi il respiro.

E sarebbe stato anche bravo. Non avevo dubbi: sapeva come far implorare una donna, come farle chiedere di più.

Già, pensare a lui che si maneggiava il cazzo come un'arma stava funzionando nel distrarmi dal cielo cupo che mi faceva balzare sul sedile nella cabina di pilotaggio. Mi scrollai di dosso quella fantasia erotica e diedi un'occhiata al quadro operativo. La pressione era salita attorno alla cabina, un segnale che la turbolenza sarebbe soltanto peggiorata.

Non pensarci, vola e basta, sentivo la voce di mio padre nella testa.

Mi aveva insegnato a volare quando ero soltanto una bambina. Da quando fui abbastanza grande da allacciarmi le scarpe, volavo con lui durante i suoi giri, quando non ero a scuola, e imparai perfino a fare i compiti sul sedile del copilota senza avere il mal d'aereo. Ottenni il brevetto da pilota appena compii diciott'anni e festeggiammo nell'hangar. Ora che non c'era più, avevo preso il suo posto, il suo aeroplano, tutto. Il suo mestiere divenne il mio. Volare era quello che amavo fare ed ero dannatamente brava. Ma quelle tempeste erano sempre bastarde. Erano violente, quando si era a terra. Ma in aria...

L'aeroplano sprofondò per tre metri buoni e io strinsi i denti, aggrappandomi all'acceleratore con entrambe le mani.

Era arrivato il momento di lasciare l'Alaska. Era giunta l'ora. Io non ero selvaggia. Certo, amavo le montagne e le foreste, ma in me c'era la parte avventuriera di mio padre tanto quanto quella amante della città di mia madre. Non volevo nascondermi dalla vita lassù. Volevo *vivere*. Volevo vedere il mondo. Esplorare ogni suo angolo. Volevo visitare tutti i paesi possibili, assaggiare tutti i piatti esotici. Volevo vedere le luci brillanti di New York e ascoltare l'inquietante ululato del coyote nel deserto notturno dell'Arizona. Leggevo ogni notte, scrivevo liste di luoghi che avrei voluto vedere. Avevo solo ventiquattro anni, ma la mia lista dei desideri era lunga due pagine. E nessuno di quei desideri sarebbe diventato realtà lì nell'Alaska sperduta, con gli orsi e i tagliaboschi.

Dopo la morte di mio padre, l'anno scorso, sapevo che era tempo di andarmene. Ero fottutamente stanca del freddo, stanca del buio, stanca di consegnare la spesa a domicilio. Volevo essere altrove, in un luogo in cui avrei potuto comunque volare, ma guadagnare più soldi. Ero dannatamente pronta ad andarmene, ma l'unico ostacolo era la vecchia casa di mio padre. Non potevo mantenermi in una nuovo luogo senza i soldi di quella casa, ma non vivevo in una zona dotata di un attivo mercato immobiliare. E quindi pazientavo. E studiavo. Mi mancava solo un semestre all'università telematica. Una volta finiti gli studi, avrei avuto sia il brevetto da pilota, sia la laurea.

Una folata di vento arrivò da Est e colpì l'aeroplano.

Abbassai la testa, rimasi concentrata sui comandi, sull'aeroplano, sul suono del vento. Assecondai l'istinto del volo che non tutti capivano. Avevo cercato di spiegarlo, in città, ad alcuni degli amici di mio padre, ma avevano soltanto riso... di noi. C'erano dei giorni in cui avrei giurato che il vento mi sussurrava nell'orecchio. Giorni in cui sapevo in che direzione avrebbe soffiato, sapevo che una tempesta era in arrivo, anche se il radar non mi avvisava. Il tempo era pazzo lassù, poteva cambiare da un momento all'altro, e quella tempesta ne era la prova. Pensavo che sarebbe rimasta novanta miglia a sud da me ancora per qualche ora. Più di quanto avrei impiegato per atterrare, scaricare la spesa del gran figone e tornare.

Ero così vicina alla fuga. Anche se Buchanan mi avesse proposto qualcosa, gli avrei risposto no grazie. Avevo degli obiettivi. Avevo dei progetti. E un uomo non era parte dei miei piani. Almeno non un uomo di quella zona.

Ciò voleva dire che, fino a quando non avessi

lasciato quel posto, avrei evitato gli uomini, specialmente quelli sexy con occhi scuri e capelli arruffati. Non era il momento di lasciarsi distrarre. Avevo lavorato sodo in quegli ultimi anni, per mettere da parte il più possibile, e me ne sarei andata negli Stati Uniti. Innamorarmi di qualcuno era l'ultima cosa di cui avevo bisogno.

Eppure, nonostante tutto, i miei pensieri andavano a Jack il cretino, a quanto avrei voluto farmi slacciare i jeans da lui, farmi spingere sulla ringhiera del suo terrazzo e farmi penetrare da dietro.

No. No. NO!

"Smettila." Mi rimproverai ad alta voce, ma sapevo che non avrebbe aiutato.

Soffocai i miei pensieri in vista del futuro. Non potevo prendermi una cotta, specialmente per un viziatello di città che, se non fosse stato per me, a quell'ora sarebbe già morto di fame. Avevo bisogno di un uomo vero, uno che avrebbe saputo tenermi testa.

Quindi, innamorarmi era fuori discussione. E se invece Jack avesse voluto soltanto una bella scopata? Continuavo a tener d'occhio il quadro dei comandi, a controllare l'altimetro. Forse Jack sarebbe stato un ottimo scopamico – d'altronde come poteva non esserlo, con dei muscoli e un viso così belli? Risi fra me e me, dato che pensavo al sesso eccitante che avremmo potuto fare assieme.

Una sola notte sarebbe stata perfetta. Sufficiente

per rilassare il mio desiderio e far riposare un po' il vibratore.

Solo una notte, posso farcela, continuavo a ripetermi, anche se il lato razionale del mio cervello mi derideva. *Sì, come no, Anna!* Stavo per alzare gli occhi al cielo, quando l'aeroplano sbandò così bruscamente che emisi un grido. Cazzo, quella tempesta era davvero cattiva. *Era giunto il momento di lasciare il cielo.*

L'altezza stava diminuendo a causa dell'intensa perturbazione, un fenomeno che non faceva presagire nulla di buono per un idrovolante. La casa di Jack si affacciava su un lago e non aveva nemmeno un po' di spazio attorno, fra gli alberi, per un *atterraggio a terra*. Ma comunque l'unico tipo di atterraggio che avrei potuto eseguire, con quell'idrovolante, era sull'acqua. Amavo guardare le ali dell'aeroplano tagliare le onde grigie ed agitate, ma con quel tempo, gli atterraggi su acqua – o di ogni altro tipo, del resto – erano brutali.

Eppure, ogni atterraggio era già qualcosa. Fottutamente meglio dell'unica alternativa…

Mi sforzai di inserire il pilota automatico. Papà mi aveva insegnato a volare in maniera "tecnica", quindi mi attenni a quello che sapevo fare e affrontai ogni problema con molta calma. Il vento scosse tutto il mio aeroplano e capii che l'atterraggio sarebbe stato violento.

Oddio, spero che Jack non lo veda. Già pensa che io sia un'incompetente.

Non sapevo perché mi importasse, eppure sì, mi importava – non volevo mi vedesse in difficoltà nell'atterrare lateralmente sull'acqua. Se volevo tenermi quel lavoro e quei clienti, dovevo essere considerata una donna forte, indipendente, una tipa cazzuta che sapeva volare. L'Alaska era una terra sconfinata, ma abitata da poche persone. Una sola critica da parte di Jack fatta nel più vicino villaggio di pescatori e il pettegolezzo sarebbe arrivato alle orecchie di tutti. Fino al giorno in cui sarei riuscita a vendere la casa, avrei dovuto continuare a volare per pagarmi le bollette.

Mentre guardavo il mio radar, capii di essere a soltanto un miglio dal solito posto di atterraggio. Continuai a scendere con la paura che però, così facendo, sarei stata scaraventata a terra come un masso. In quel vento, chi poteva sapere quanto fossero potenti le correnti? Afferrai forte il cambio virando un po' ad Ovest, poi un po' a Nord, poi un po' ad Est, per farmi un'idea delle correnti d'aria. Atterrare sull'acqua sarebbe stato molto più semplice col vento alle mie spalle, ma in quella tempesta il vento soffiava da tutte le direzioni. Avrei potuto farlo in mille modi, ma comunque sarebbe stato un atterraggio burrascoso.

Puntai alla zona di atterraggio e mi concentrai al massimo sugli ultimi cento metri di altezza. Balzai bruscamente attorno al mio sedile, ringraziando il cielo per la robusta imbracatura che mi aveva protetto da un forte colpo sulla testa. Le mie cuffie volarono via dopo una folata particolarmente forte, cercai di essere delicata nel dirigere il cambio, e il muso dell'aereo, più in basso. Non vedevo un cazzo di niente con quella pioggia e quella nebbia, ma sapevo di essere abbastanza lontana dalla riva. La casa di Jack era lì come un faro di luce, a circa trecento metri dal punto dell'atterraggio, e sapevo di essere nel punto giusto.

Le scosse e le turbolenze continuarono, mentre io cercavo di tenere l'aeroplano in equilibrio, ma invano. L'estremità della coda stava per toccare l'acqua – in modo violento – ma sarebbe stato comunque meglio del muso. Se l'avessi colpita col muso avrei sbattuto sul parabrezza. Strinsi forte il volante con entrambe le mani, mentre il vento mi spinse circa dieci metri sull'acqua. All'ultimo secondo ripresi il controllo del volante e cercai di riportare il muso su e la coda giù. La coda *schiaffeggiò* l'acqua, le ali si unirono rumorosamente alle onde, e il mio aeroplano altalenò violentemente, mentre io mi muovevo per inerzia. Continuai a muovermi in balìa dell'aeroplano, mentre questo scivolò sulla superficie agitata del lago, e le ali tremarono ancora un po' prima di ristabilirsi.

Oh merda.

Tirai un sospiro di sollievo, mentre feci rallentare l'aeroplano e mi voltai verso il grande pontile sulla riva. Il vento era persino più forte sull'acqua, e avrei dovuto accelerare più del solito per raggiungere il punto in cui avrei spento il motore. L'idrovolante continuò a muoversi per gli ultimi quindici metri ad occhio e croce.

Che esperienza! Sarebbe stata una storia epica da raccontare, una volta tornata in città, pensai, ma poi tornai in me e realizzai che, fino a quando il tempo non si fosse calmato, non sarei potuta tornare a casa. Fino a quel momento sarei rimasta bloccata lì. Con Jack.

CAPITOLO SECONDO

*J*ack

Ma dove cavolo era?

Anna Jackson era secca come un chiodo, ma aveva una forza da non sottovalutare. Alta un metro e un tappo, ma pilota di un dannato aeroplano. Era la versione alascana di FedEx e facevo affidamento su di lei per tutte le consegne, anche per la fottuta spesa al supermercato.

Come poteva una donna così magra pilotare quel dannato aeroplano? E poi con quel tempo di merda.

Mentre guardavo fuori mi venne un nodo in gola al pensiero che avrebbe avuto abbastanza coraggio da portare comunque a termine la consegna.

Era quasi completamente buio, ma non perché stesse arrivando la sera. Il cielo era diventato di un grigio scuro, opprimente, e il vento era così forte che gli alberi sembravano essere cresciuti storti.

In quel periodo dell'anno il sole calava attorno alla mezzanotte, ed ora erano a malapena le sette. Lei non era ancora in ritardo, ma era *tutto nero* e, con quel temporale, non riuscivo a pensare a condizioni meteorologiche peggiori per poter pilotare un piccolo aeroplano. Avevo sentito dire che la percentuale di incidenti aerei fosse la più alta di tutte. E la cosa non mi stupiva, con quel tempo spericolato. Probabilmente era già a metà strada, quando il tempo era peggiorato. Ma era tornata indietro?

Tornando dentro, afferrai la mia radio e cercai di fare una chiamata al villaggio più vicino, chiedendo di mettersi in contatto con la città di Anchorage per scoprire se lei stesse arrivando da me o se fosse a casa al calduccio, sana e salva. Nei giorni sereni riuscivo a ricevere un ottimo segnale. Ma quel giorno non ricevetti alcuna risposta, proprio come mi aspettavo con quella dannata tempesta. Provai col computer, ma con tutte quelle nuvole nemmeno il mio servizio satellitare funzionava. Non vi era alcun modo di mandare o ricevere messaggi fino a quando il tempo non fosse migliorato.

Mi sedetti di fronte alla scrivania e sfogliai le pagine della piccola raccolta di investimenti dell'azienda tecnologica dei miei cugini, per evitare di preoccuparmi. Era una donna adulta. Sapeva quello che faceva. Sapeva che non valeva la pena di morire per le mie scorte di passata di pomodoro e di carta igienica. No. Era sicuramente a terra, al sicuro, ad aspettare la fine del temporale.

Tornai ad esaminare i dettagli della Tecnologia Buchanan. I miei cugini avevano creato l'azienda due anni prima e l'avevano fatta crescere in modo esponenziale, proprio come mi aspettavo. Io poi mi ero occupato dei miei affari, e li avevo guardati, dall'altra parte del paese, crescere da zero a cento. Tutti dicevano che i Buchanan avevano il fiuto per gli affari. Da quando seppero che avevo venduto la mia società – l'accordo fu talmente conveniente da riuscire a sopravvivere lontano dai giri imprenditoriali e ovviamente dalla famiglia – mi vollero al loro fianco. Ma io chiusi l'affare e girai i tacchi. Non ero pronto a tornare alla vita reale, alla fottuta vita frenetica, e da quel momento lo dissi a tutti i promoter che mi perseguitavano con chiamate continue. Se un giorno avessi deciso di tornare a lavorare con la tecnologia – il denaro non mi mancava – la ditta di Natalie e Ben sarebbe stata la mia prima scelta. Tuttavia, tornare a Seattle sarebbe stata una scelta radicale, e non volevo prendere una decisione affrettata. Forse l'avrei fatto il giorno seguente, forse avevo bisogno di un po' di tempo.

A proposito di tempo. Guardai fuori dalla finestra, la pioggia aveva bagnato i suoi lati.

Gli affari non riuscivano a distrarmi. Continuavo a pensare ad Anna, quella donna esasperante con gli stivali da contadina, i jeans stretti e un seno perfetto che cercava disperatamente di nascondere sotto quelle camicie a manica lunga che le stringevano ogni curva. Era cocciuta come un asino e, ogni settimana, rifiutava il mio aiuto per scaricare la spesa.

Diceva sempre che non voleva far distruggere la mia manicure.

Oh tesoro, avrei voluto sussurrarle in un orecchio, *sei tu l'unica cosa che vorrei distruggere...*

Ma non mi ero mai avvicinato abbastanza per farlo; lei non mi era mai sembrata interessata e non mi sarei scopato una donna contro il suo volere. Mentirei se dicessi che questo suo comportamento non mi feriva nemmeno un po'. Le donne mi avevano sempre desiderato, si erano letteralmente buttate ai miei piedi, ma soltanto perché ero ricco. Ecco perché Victoria aveva fatto finta di amarmi. E io l'avevo lasciata fare. Anzi, fui anche un gran coglione, quando le chiesi di sposarmi.

Mi scrollai di dosso quei pensieri, non volevo rimuginarci sopra. Era passato più di un anno da quando la mia vita era diventata una tormenta di merda, da quella volta in cui capii che Victoria mi aveva mentito. Da più di un anno ero in Alaska. Adoravo i paesaggi incontaminati, le persone rozze, la tranquillità. In quel periodo dell'anno, verso metà agosto, il tempo era mite, le giornate più lunghe e quasi perfette. Passavo ore intere a passeggiare e ad esplorare i boschi; alcuni giorni, con la brezza fresca, si stava bene con la giacca, ma la luce del giorno durava quasi venti ore.

Mia madre era venuta a trovarmi circa un mese dopo il mio trasloco. Persino lei amava la mia piccola casetta, il lago, il vento fra gli alberi e gli animali selvatici che arrivavano fino alla battigia per bere. Non era rimasta per molto, solo il tempo necessario per assicurarsi che stessi bene e per trovare Anna. Mia madre insisteva sul fatto che avessi bisogno di contatto umano e cibo fresco, perciò aveva assunto l'azienda per cui Anna lavorava, per consegnarmi la spesa una volta a settimana. Ero abbastanza sicuro che mia madre avesse scelto proprio lei perché era una bella ragazza e, segretamente, sperava che me ne sarei innamorato. Sapevo cogliere l'ironia.

Anna era bellissima, aveva le curve nei punti giusti. Era una ragazza onesta, una lavoratrice, dura come la roccia. Potevo innamorarmene? Probabilmente sì. Ma a lei non fregava nulla di me, dei miei soldi, di ogni altra cosa. Ogni settimana mi lasciava solo, con la spesa e un'erezione che sembrava concentrarsi unicamente su di lei.

Mentre facevo avanti e indietro per la stanza, di tanto in tanto controllavo la finestra sul lavello della cucina, osservando il molo. La tempesta infuriava talmente tanto che non riuscivo a vederlo nemmeno un po'; la pioggia e il vento, ora, avevano reso la vista, di solito stupenda, completamente grigia. Ma poi lo vidi.

Il suo aeroplano, un globo spettrale, a circa sessanta metri sulla superficie dell'acqua. La scia bianca nel cielo grigio balzò fuori come un pesce fuor d'acqua, e insolita era anche la posizione del suo aeroplano. *Oh cazzo, sta per cadere a picco!* Fu l'unica cosa che riuscii a pensare prima di precipitarmi all'esterno, e la pioggia e il vento mi schiaffeggiarono non appena misi piede sul porticato.

Ma non mi fregava. Stava per schiantarsi col suo fottuto aeroplano e io sapevo che avrei fatto di tutto per salvarla. Persino tuffarmi nell'acqua gelida di quel lago per tirarla fuori da quel dannato idrovolante.

Trascinando il mio corpo verso il molo alla velocità della luce, la vidi sollevare il naso del suo aeroplano all'ultimissimo secondo.

Ehi, datti una calmata, Giovanni senza paura, pensai mentre acceleravo il passo. La rabbia cominciò a crescere; ero incazzato perché era salita sull'aeroplano con quella tempesta. La mia stupida spesa non valeva tanto quanto la sua vita. *Ma lei è una tipa cazzuta*, mi sussurrò una vocina nella testa, mentre io spronavo le mie gambe ad essere più veloci. Improvvisamente mi sentii stupido riguardo alla prodezza che stavo per compiere; Anna non aveva bisogno di me. Avrebbe gestito la situazione da sola. Il mio cazzo balzò a quel pensiero, ma continuai a correre. Planò in modo abbastanza violento sul molo, proprio quando io raggiunsi gli scalini. Li scesi di fretta per andare da lei e, per la furia, rischiai di scivolare dal molo. Raggiunsi la portiera, la spalancai, presi Anna fra le mie braccia e gridai, "Ma che cazzo ti prende? Saresti potuta morire!"

Era pallida come non mai e le sue pupille erano completamente dilatate, quasi nere.

Respirò velocemente, con un ritmo irregolare, palesemente scossa dal brusco atterraggio e dalla tempesta. Allentai la presa dalle sue braccia e portai la mia mano sul suo viso, sul collo, l'unica porzione del suo corpo a me accessibile, e le accarezzai la pelle fredda e umida. La pioggia sfrecciava attorno a me e si faceva strada verso la cabina di pilotaggio. In pochi secondi, Anna s'inzuppò tutta. Ma toccarla mi faceva stare bene, e sollevai il suo viso per far sì che mi guardasse, cercando di ignorare le sue labbra carnose e mature.

"Stai bene? Anna?"

Lei sbatté le palpebre, lentamente, come se fosse stordita, fino a quando i suoi occhi si svegliarono e s'infuocarono.

"Ma che cazzo Jack! Stai facendo bagnare la cabina. Il fottuto quadro dei comandi è fradicio! Levati di torno." Si slacciò l'imbracatura e scese dal sedile, sbatté la portiera della cabina e si diresse verso il retro dell'aeroplano. In un attimo si bagnò dalla testa ai piedi.

Ignorando la forte pioggia, controllò i galleggianti, probabilmente per un guasto, e poi si spostò verso l'ancora, che si era arrotolata attorno ad uno di essi. Faticò per qualche secondo e cadde quasi nell'acqua, prima che io la riprendessi senza difficoltà e la spostassi a lato. Mi insultò con un linguaggio abbastanza colorito, ma feci finta di non sentire a causa del forte vento. Con un colpo secco sbrogliai la catena e osservai l'ancora affondare.

Mi voltai e la vidi aprire la stiva per scaricare le borse frigo.

Si ostina a voler scaricare la mia cazzo di spesa!

Mi mossi per allontanarla dall'aeroplano. "Muoviti e vai dentro, scema! Nel caso non l'avessi notato, c'è una tempesta tremenda e tu sei fradicia. Smettila!" Mentre gridavo ero a pochi centimetri dal suo viso e vedevo il suo mento in fuori, in una smorfia di sfida.

"Jack, sono qui per consegnarti la tua roba! Non manderò tutto all'aria per il cattivo tempo." Si inclinò al mio fianco per raggiungere la cella frigorifera, ma io la fermai. Spinsi le porte della stiva, girai la maniglia per serrarle bene e mi voltai verso di lei.

Era imbestialita, coi capelli biondo-rossicci appiccicati sulle guance e sulla fronte. Il mio cazzo sbatté sui jeans zuppi e, sapendo che sarebbe rimasta lì fuori a litigare per il resto della giornata, mi abbassai, appoggiai la spalla sulla sua pancia e la caricai.

"Mettimi giù!" gridò, mentre si dimenava per liberarsi.

Io non l'ascoltavo, acceleravo soltanto il passo per dirigermi in fretta verso la casa.

Il suo fondoschiena oscillava accanto alla mia faccia e sentivo il suo seno sfregare contro il tessuto bagnato sulla mia schiena. Il mio cazzo s'indurì ancora e corsi più veloce. La volevo nella mia casa. Avevo fantasticato a lungo, sognato di farla entrare, strapparle i vestiti di dosso e...

Ma non era proprio *questo* quello che avevo in mente.

Entrai in casa e gettai Anna piuttosto sgraziatamente sul divano, poi mi diressi fuori per prendere le mie due borse frigo piene di cibo. Non sapevo per quanto tempo saremmo rimasti bloccati lì, e non volevo rischiare di far marcire quelle piccole scorte.

Una volta sistemato tutto per bene, tornai nel soggiorno e la trovai rannicchiata, bianca come un lenzuolo. Le sue gambe erano coperte, sotto di lei, e fissava il vuoto. Mi voltai verso il camino e, nonostante fosse agosto, ammucchiai un po' di legna per accendere il fuoco. Eravamo entrambi zuppi, e, se io avevo freddo, allora lei stava congelando. Avevo anche bisogno di qualche minuto per calmare la scatenata erezione che spingeva dolorosamente contro il davanti dei miei jeans bagnati. E la vista del suo corpo, ben delineato dai vestiti fradici, non aiutava affatto, come pure la vista dei suoi capezzoli che punzecchiavano il tessuto della camicia.

Per caso non indossava il reggiseno di proposito?

Una volta che il fuoco si accese per bene, sentii Anna agitarsi dietro di me, maledirmi mentre si metteva in piedi. Sorrisi, sapendo che quel mio modo di fare rude aveva ferito il suo ego.

"Merda. Non posso rimanere qui. Non posso farlo," parlava fra sé e sé, pestando i piedi a terra, mentre si dirigeva dritta verso la fottuta porta. *Mio Dio, cazzo se è testarda.* Rimisi i nuovi pezzi di legna nella cassetta e corsi verso l'uscita, proprio alle sue calcagna. La mia ossatura possente incombeva sulla sua, esile, e la mia mano sulla sua testa le impediva di aprire la porta. Impiegai pochi secondi a realizzare il fatto che tutto il mio busto, dal fondoschiena alle spalle, era attaccato al suo didietro. I miei pettorali spingevano quasi all'altezza del suo collo, la mia erezione, forte e chiara, sulla sua zona lombare. *Merda.*

"Non volerai di nuovo con questo tempo," dissi.

"Non sono stupida. Ovvio che non volerò, ma aspetterò la fine della tempesta lì fuori, seduta nel mio aeroplano," disse Anna a denti stretti. Si voltò per affrontarmi ed entrambi realizzammo che quella era una pessima idea; la mia erezione era conficcata nel suo stomaco ed entrambi sussultammo. Cercò di evitarmi, di aprire la porta, ma io mi misi spalle al muro, come se il mio cazzo non si fosse soltanto presentato.

"Dico seriamente, Jack, lascia questa cazzo di porta!" Mi spinse, cercò di spostarmi dall'uscio, ma finì con lo scivolare a causa dei suoi stivali bagnati. Il suo sedere colpì il pavimento in legno laminato della mia baita, e lei, per rialzarsi, si mise in ginocchio.

Mi piaceva in quella posizione, in ginocchio, con quelle labbra rosee e carnose a pochi centimetri dal mio corpo. E piaceva anche al mio cazzo. Maledizione, non si sarebbe calmato molto presto. Non col pensiero delle sue dita che mi aprivano i jeans, mi afferravano l'uccello e lo portavano alla sua bocca.

Afferrandole il polso la aiutai a rimettersi in piedi. Non doveva rimanere in quella posizione.

"Seduta nel tuo aeroplano, Anna?! Davvero? E perché diavolo vorresti farlo se ho una bellissima casetta riscaldata da un piacevole camino acceso?"

Con lei in piedi di fronte a me vedevo meglio, ovviamente, i suoi capezzoli turgidi, e mi chiedevo quale fosse il loro sapore, la sensazione dell'averli in bocca. Le ginocchia mi traballarono un po', il battito del mio membro mi fece quasi cadere. *Se avessi visto anche solo un millimetro di quei capezzoli avrei perso la testa...* Mi schiarii la voce e distolsi lo sguardo dal tessuto che nascondeva il suo petto.

"Non posso rimanere qui, con te."

"Perché no?" La rabbia cominciò a montare dentro di me, vera, gelida, dura come una fottuta roccia. "Pensi che non sappia tenere le mani a posto? Hai paura di me?"

"No." Scosse la testa e indietreggiò, sollevando il mento per incontrare il mio sguardo.

"Non essere ridicolo."

"Ho visto il tuo atterraggio, stavi per morire." Se non potevo toccarla e assaggiarla, allora rimproverarla era meglio che immaginarla nuda.

Espressi tutto il mio dissenso spalancando le braccia di fronte alla porta e incrociai il suo sguardo infuocato. Roteò un po' gli occhi e arrossì, chiaramente imbarazzata dal fatto che avessi assistito a quell'atterraggio tutt'altro che spettacolare.

"Non avresti dovuto guardarlo," borbottò Anna, e mi diede le spalle. Ad ogni suo passo bagnava il legno del pavimento, ma io vedevo soltanto i suoi jeans bagnati, attaccati al culo tondo e sodo.

"Invece l'ho visto, e mi sono cagato sotto dalla paura. Rimarrai qui stanotte. Niente storie. Se ti opporrai sarò costretto a disattivare il tuo aeroplano." Sollevato, dato che sembrava aver accettato il fatto che non l'avrei lasciata a congelare su quel catorcio che lei chiamava aeroplano, mi spostai in cucina per prendere un asciugamano. Tornato in soggiorno per porgerglielo, la trovai di fronte al camino. "Adesso datti un'asciugata, o mi rovinerai il pavimento."

Si girò attorno e si guardò gli stivali. "Sei preoccupato per il tuo pavimento?" Mi scaraventò l'asciugamano addosso e pestò i piedi a terra dirigendosi verso la porta. "Lascia stare. Sei davvero irrecuperabile. Aspetterò nel mio aeroplano."

Le sbarrai la strada prima che potesse fare tre passi. "Non so se dovrei romperti il culo per questo commento o per essere stata tanto incosciente con la tua vita." Persi le staffe e mi avvicinai ancora di più ad Anna, ad appena un dito dal suo viso. I miei occhi fissarono a fondo i suoi, verdi, sfidandola a dare ancora aria alla bocca.

Non ha idea di chi io sia.

Ero stato l'amministratore delegato di un'azienda multi milionaria. L'avevo venduta per diversi milioni. Nessuno si era mai rivolto a me in quel modo. E qualcosa riguardo alla sua aggressività mi aveva risvegliato dall'interno. Per la prima volta dopo la rottura con Vittoria e le sue bugie, sentivo qualcosa di più della fredda indifferenza nei confronti del mondo. L'apatia mi abbandonò quando la focosa rossa di fronte a me si mise le mani sui fianchi e mi fissò.

"Rompermi il culo?"

"Romperti il culo," ripetei, immaginando il suo culo tondo sul mio ventre. Certo, avrei anche giocato con la sua figa. E non l'avrei proprio sfondata, non forte. Solo abbastanza da farla contorcere, ansimare e farla supplicare per averne ancora.

"Tu sei fuori di testa, Jack Buchanan."

"Attenta a come parli, Signorina Jackson. Non sai nulla di me e della mia storia, non pensare di conoscermi."

"E quindi, saresti il grosso e burbero uomo cavernicolo che mi romperebbe il culo per cosa? Per aver detto quello che penso?"

Sorrisi e abbassai gli occhi sulle sue labbra. "Per questa tua lingua lunga, sì. Se fossi mia ti metterei a gambe aperte sul mio ventre, ti farei venire con una mano e ti sculaccerei con l'altra." Le mie narici si allargarono e guardai i suoi occhi posarsi sulle mie labbra. Fece un passo indietro, ma era già troppo irritata per cedere. Lo vedevo nel suo atteggiamento, nell'intensità del suo sguardo, e tutto il mio corpo tremò in preda all'adrenalina, alla lussuria, al bisogno di conquistare tutto quel fuoco e farlo mio.

"Tu sei il figone che non sa gestire la sua vita, che scappa dal mondo e si nasconde qui nei boschi. Sei una femminuccia, Jack. E hai paura di me. Hai paura delle donne che vivono davvero e corrono dei rischi."

"Rischiare la vita e avventurarsi in questa tempesta non è stato correre un rischio, Anna. È stato un suicidio."

"Volo da quando ho imparato a camminare. So quello che faccio."

Quando Anna, ogni settimana, mi consegnava la spesa, demoliva i miei commenti, faceva battute sulla mia legna tagliata male, sulla mia incapacità nella pesca. Non ero nato e cresciuto in Alaska, ma cazzo, me la cavavo abbastanza bene per essere di Seattle e per non aver mai vissuto nelle foreste sperdute. I suoi commenti facevano leva su quell'insicurezza, sulla consapevolezza che non appartenessi a quel posto – o a Seattle – o a nessun altro posto. Allora scattai come una molla. Avanzai, facendola indietreggiare fino a quando si ritrovò appiccicata alla parete di legno. "Mmm, no. Non hai la minima idea di cosa tu stia combinando."

"Vai a farti fottere." I suoi occhi erano di vetro, aveva le mani serrate nei pugni sui fianchi, le nocche bianche. La sua camicia bagnata si stringeva sui capezzoli duri, e ce la misi tutta per non abbassarmi e portare una di quelle punte vivaci alla mia bocca. Mi inclinai in avanti solo per circondarmi del profumo di pioggia bagnata e di donna. Avvicinandomi ancor di più, le sussurrai in un orecchio, assicurandomi che le mie parole fossero eccitanti, tanto intense da farle venire la pelle d'oca.

"No. Credo che sarò *io* a fottere *te*."

Vacillò verso di me, in una reazione di cui non credo fosse consapevole. Con una mossa ben calcolata spostai il peso del mio corpo contro di lei, appoggiando il mio cazzo contro la sua vita. Lei sussultò e si voltò per guardarmi. "Non capisco, Jack. Cosa vuoi da me?"

"Voglio la tua lingua lunga, tesoro, su di me. Voglio scoparti. Qui e ora."

Pensavo mi avrebbe schiaffeggiato, e *forte*, ma invece mi strappò quasi i capelli, nella foga del momento, tirandomi a sé per baciarmi. Non era un bacetto casto, era un bacio pieno di mesi e mesi di voglia repressa e una marea di frustrazione.

Le nostre bocche si divoravano a vicenda, e io non mi preoccupai di essere gentile. Ero *feroce*, e anche lei lo era. Ci sfogammo come animali; ci strappammo i vestiti, ci strattonammo i capelli, ci stringemmo la pelle. Ci mordemmo le labbra mentre le nostre lingue si scontravano e poi, finalmente, feci scendere le mie mani per spalancare la sua camicia di flanella, e, quando le strappai il tutto di dosso, i bottoni caddero e tintinnarono sul parquet.

Cristo, niente reggiseno. I suoi seni erano perfetti, non troppo grandi ma sodi, con due punte rosa chiaro.

"Vai sempre in giro senza reggiseno, o solo quando voli?" Feci un respiro profondo, sollevando le mie mani a coppa per afferrare quelle morbide sfere. La sua pelle era fredda e umida, ma meravigliosamente generosa e seducente. Volevo seppellire la mia testa fra quelle tette e respirare il loro profumo. Volevo stringerle l'una all'altra e strofinare il mio cazzo fra di loro. Volevo venire su tutta la sua pelle chiara, e marchiarla, possederla.

I suoi occhi si chiusero e la testa scivolò all'indietro. Le pizzicai i capezzoli, provocandole un sussultò. "Guardami. Voglio vedere i tuoi occhi quando ti tocco."

Lentamente aprì gli occhi, assenti e scuri, di un verde selvaggio.

Feci scivolare le mie mani sulla sua vita e le sbottonai i jeans, tirandoli via dai fianchi carnosi.

Mi inginocchiai davanti a lei per toglierli del tutto. In un secondo, diedi un'occhiata alle sue gambe chiare, splendenti sotto la luce intensa che penetrava nella mia baita. Risalii e agganciai i miei pollici alle sue mutandine di seta rosa. Lentamente, tanto lentamente, assaporai quel momento e le feci scivolare sulle sue cosce. Una volta arrivate alle caviglie, osservai il corpo divino di fronte a me. Mi inginocchiai ai suoi piedi e sentii che qualcos'altro stava smuovendo le mie viscere, qualcosa che, fino a quel momento, avevo sempre tenuto a bada.

Io *desideravo ardentemente*.

Mio Dio, desideravo... lei, da così tanto tempo.

Tornai in piedi e Anna avanzò per sbottonarmi i pantaloni, ma ebbe la mia stessa difficoltà nello sganciare dei jeans bagnati. *Prendi nota: evita i jeans la prossima volta che ti lanci in una missione di salvataggio che potrebbe concludersi con del sesso sfrenato.*

Prese parte della sua frustrazione, del suo entusiasmo, e la utilizzò nello sfilarmi i pantaloni, ma mi graffiò le gambe con le unghie e mi lasciò dei segni rossi. Eppure non me ne fregava niente; volevo soltanto il mio cazzo dentro di lei.

Incapace di aspettare ancora, la aiutai e mi tolsi il resto dei vestiti alla velocità della luce. Non appena saltai fuori dai miei jeans e dai boxer, afferrai un preservativo dal cassetto più vicino, lo indossai e mi inclinai ancora una volta in avanti. Verso di lei. Attorno a lei.

Mio Dio, volevo essere *dentro* di lei. Sollevai le mie mani e le intrecciai fra i suoi boccoli spessi e bagnati, mentre le sue piccole mani tiravano i miei fianchi. Era sulle punte dei piedi per baciarmi e fu allora che realizzai quanto fosse bassa. Quanto sopra la sua pancia andasse a poggiarsi il mio membro.

Era piccolina, tanto che avrei potuto sollevarla come una piuma e scoparla in tutte le posizioni che volevo.

Sarebbe stato molto divertente.

Spinsi la sua schiena contro il muro, proteggendole però la testa con la mia grande mano, per non farla sbattere troppo forte. Non volevo farle male alla testa. Piuttosto alla figa. Una parte del corpo completamente diversa.

Sollevò le labbra verso le mie ed entrammo di nuovo in collisione. La sollevai con uno scatto veloce e, come se ci fossimo già esercitati, avvolse le gambe attorno ai miei fianchi. La sua figa si strinse proprio sul calore del mio cazzo ed entrambi gememmo così forte da poter essere uditi anche attraverso il vento e la pioggia sferzanti.

Con una mano fra i suoi capelli le portai la testa indietro, mentre l'altra mano scendeva piano sotto la sua spalla, procedendo verso la curva della vita fino al culo. La strinsi in questo punto e continuai a tenerla in quella posizione per darle un bacio, poi abbassai quella mano, stringendo ancora da dietro per toccare le sue profondità femminili, e le feci scivolare due dita dentro, spingendo lentamente e dolcemente.

Calda. Bagnata. Fottutamente perfetta.

"Jack." Implorò il mio nome, contorcendo i fianchi, mentre io mi davo da fare con le dita. Amavo sentire il mio nome dalla sua bocca, volevo sentirlo ancora. E ancora. Le baciai la mandibola. Il collo. Le feci un ditalino fino a quando strinse le gambe e provò a farmi aumentare il ritmo, cercando di cavalcarmi la mano.

"Sei così dannatamente bagnata per me, Anna," respirai sul suo collo e cominciai a mordere risalendo verso l'orecchio. Le morsi il lobo, e gemette. "Voglio infilare il mio cazzo dentro di te, voglio riempirti. Farti mia."

"Jack, smettila di parlare. Scopami e basta." Mentre cercava di ricambiare il gesto mordendomi a sua volta, la sua schiena si inarcò contro la parete. Questo movimento la fece spostare fino a far arrivare la sua figa calda e bagnata sulla punta del mio cazzo, che a quel contatto sobbalzò.

"Ogni tuo desiderio è un ordine, principessa." Approfittai di quella posizione e portai le mie mani sul suo culo per allargare bene le natiche, per spalancare le labbra della sua figa e tenerle ben aperte, mentre io, con un colpo secco, la feci scivolare sul mio cazzo.

CAPITOLO TERZO

nna

Mi tirò verso il basso, spingendo, forte e veloce, proprio come volevo. Fui sorpresa dalle dimensioni del suo membro. Gemetti quando mi allungò, quando mi riempì come mai avevo sperimentato prima. Esalai un verso di piacere quando lui grugnì, emettendo quel suono stranamente selvaggio e territoriale che mi impressionò. Rimanemmo completamente immobili, mentre io spostai un po' i fianchi, cercando di contenere bene il suo cazzo, che sarebbe stato molto più grosso per me, se non fossi stata così eccitata. Se non fossi stata così fottutamente bagnata per lui.

Ma perché proprio lui?

Certo, era forte, stupendo, ma troppo complicato per una come me. Eppure, al mio corpo non fregava un cazzo. Il mio cervello si era fuso quando, per la prima volta, mi aveva baciata. Ma perché tutto quel desiderio, quella brama? Quel bisogno smodato di essere riempita e baciata da lui? Quel bisogno di spinte. Dio, avevo bisogno che *spingesse*.

"Cazzo, Jack. Spingi. Scopami." Gli morsi la spalla in una silenziosa richiesta. Aveva risvegliato, in me, interi mesi di lussuria, desiderio e bisogno repressi. Avevo una fame matta di lui, come un animale che si risveglia da un lungo letargo. Avevo bisogno che fosse duro, veloce ed eccitante. Sollevò una mano e mi afferrò i capelli, tirò, inclinandomi la testa all'indietro in modo da costringermi a guardarlo negli occhi. Quella mossa da dominatore fece contrarre la mia figa e gemetti, completamente presa da lui.

"Mi desideri, principessa? Ne vuoi ancora?"

"Sì." Oh Dio, sì. E va' più veloce, cazzo, sì.

Il mio corpo è un traditore, pensai mentre mi abbandonavo alle spinte esperte di Jack. Le sue mani non erano meno dure del cazzo, e le usava per tenermi il culo, per sollevarmi e abbassarmi sulla sua lunghezza martellante. Mi avrebbe lasciato dei lividi, ma in quel momento, mio Dio, era così bravo.

"*Questa volta* non sarò delicato, principessa. Reggiti forte," disse a denti stretti, ed io mi morsi il labbro e gli afferrai le spalle, mi strinsi a lui, il centro del mio mondo. La mia esistenza si limitava al suo odore, al suo calore, alle sue spinte forti ed eccitanti che andavano in profondità fino a rendermi dolorante. Mi ressi per non volare via. Ero fuori controllo, mi giravo, respiravo affannosamente.

Il mio cervello, annebbiato dalla lussuria, ci mise un po' a metabolizzare quelle parole. *Questa volta?! E quali altre volte ci sarebbero state?!* Ebbi a malapena qualche secondo per rifletterci, quando cominciò a spingere di nuovo e cancellò ogni mio pensiero.

"Vai Jack," implorai, mentre piantai ancor più in profondità le mie dita nelle sue spalle. Come risposta tese quei muscoli d'acciaio e i fianchi per spingere il suo cazzo dentro e fuori ancor più velocemente.

Lo scorrere di tutta la sua lunghezza, la sua energia affilata che mi colpiva fino in profondità, che spingeva nel mio grembo ad ogni botta, e il suo grosso spessore mi toglievano la parola.

Mi lasciai andare, e lui fece lo stesso. Mi guardava come se fossi l'unica cosa che contasse per lui. Se mi mordevo il labbro, lui mi guardava. Se gemevo, lui mi sentiva. Se sopraffatta, vogliosa e fuori controllo chiudevo gli occhi, lui mi risvegliava, pretendeva che lo guardassi.

Voleva possedermi, guardarmi. Non mi ero mai sentita così prima di allora, come se fossi l'unica persona al mondo che contasse. Le fiamme bruciavano nei suoi occhi dominanti, frustrati e possessivi. Tutte le nostre conversazioni si erano accumulate, avevano raggiunto il punto di rottura mentre lui mi sbatteva al muro, e in quel momento vidi qualcosa fra di noi di cui non mi ero mai accorta.

Per tutte quelle settimane e quei mesi la tensione fra di noi era cresciuta.

Incontrai il suo sguardo, decisa a non mollare, a non togliergli i miei occhi di dosso mentre mi scopava, mentre i suoi occhi color cioccolato s'incendiavano e la mascella si serrava.

Il cazzo di Jack sbatteva senza pietà dentro di me ed io, dal mio canto, andavo a nozze con quella sua sfrenatezza, con la sua natura brutale e incontrollata. Era mascolino, violento, mi rivendicava, e io mi sciolsi subito, adorando il modo in cui mi faceva sentire il suo tocco dominatore e possessivo.

Mi sentivo desiderata. Al sicuro. Donna. Potente.

Bellissima.

Il giorno dopo sarei stata sicuramente dolorante, ma non m'importava. Non avrei mai pensato che mi piacesse quel sesso selvaggio, ma con Jack, era... primitivo. Eccitante. Perfetto.

Gli mordicchiai e succhiai il collo, le labbra, il profilo della mascella dannatamente bella. Lo rivendicavo con la mia bocca, mentre lui mi rivendicava col suo cazzo. Mi abbandonavo a lui, incredula che quel suo lato esistesse davvero, così selvaggio, bestiale ed esigente.

E come se fosse capace di leggermi nel pensiero, Jack sorrise maliziosamente e disse ansimando: "Non te lo aspettavi da un ragazzo di città, vero, principessa?"

Ognuna di queste parole veniva sottolineata da una spinta. Lo fissai per un nanosecondo, prima di chiudere gli occhi e gemetti. Non mi importava se ascoltava, se capiva quello che era capace di farmi. Non potevo nascondergli le mie reazioni. Non solo riusciva a vedermi, vedermi davvero nel profondo, ma anche a sentire le pareti della mia figa incresparsi attorno a lui.

Le sue spinte stavano per farmi venire, ma io inarcai la schiena, facendo sfregare per bene il clitoride sulla parete dura dei suoi addominali. Agganciò le mie ginocchia sulle sue braccia spalancando ancor di più le gambe, e mi spinse di nuovo al muro per frantumare il corpo su di me.

Fui a un passo dall'orgasmo, i suoi deboli grugniti penetravano nel mio corpo e vorticavano nella mia testa, spingendomi oltre il limite. Erano troppo sensuali, troppo autentici. Sembrava proprio un uomo che riusciva a malapena a controllarsi, e *fanculo*, la cosa mi eccitava. Le mie unghie graffiavano le sue spalle, la sua schiena, e tiravano i suoi capelli.

"Di più," gli ordinai.

Le sue mani, larghe e violente, si trascinarono sui miei capezzoli e li strattonarono *forte*, mentre io usavo il muro come appoggio. Sì, era proprio quello il *di più* che cercavo.

Arrivai al punto critico e la mia schiena si stirò involontariamente sul muro. Quel movimento rispinse Jack indietro, obbligandolo a stringermi più in basso, sui fianchi. Realizzai, un millesimo di secondo prima di sentirlo, che questa nuova angolazione permetteva a Jack di toccare il mio punto G, cosa che infatti accadde.

Colpì con forza quel fascio di nervi molto sensibile, mentre le mie urla e i gemiti divennero incomprensibili. Le mie unghie lo aggredirono ancora di più, persi la ragione. Lo graffiai sui pettorali e sui bicipiti. Ero in preda al vortice dell'orgasmo, e non riuscivo a fermarlo.

I versi di Jack mi avvertirono che le pareti pulsanti della mia vagina e le grida illogiche avevano portato anche lui all'orgasmo. Strinsi i muscoli interni ancora e ancora, pulsando attorno a lui, tirandolo in profondità per spremerlo fino all'orgasmo. Quando la sua fronte cadde sul mio sterno, le sue mani cercarono il muro per appoggiarsi. Mi aveva scopata velocemente, colpendo il mio punto G, sfregandomi il clitoride col suo corpo sodo, ed eravamo venuti insieme, in un turbinio di grida ed esclamazioni gutturali. Il cazzo di Jack balzò così forte al mio interno che provocò un altro mio gemito, mentre la mia carne sensibile reagiva, l'orgasmo si prolungava. Disseminò dei dolci baci sul mio petto, sui capezzoli duri, sul solco che divide i due seni, e intanto mi riempiva, sborrando più di quanto mi aspettassi. Emisi un gemito intenso e soddisfatto, un gemito che comunicava a Jack quanto fossi sazia. Mi sarei rimproverata quella mia dimostrazione, se lui non avesse mostrato la sua, cosa che invece fece.

Sorrisi, avvolsi le mie braccia attorno al suo collo per avvicinare la bocca al suo orecchio. "Beh, che piacevole sorpresa!"

Lui rise sotto i baffi e le sue mani afferrarono i miei fianchi per l'ultima volta. Mi sollevò sul suo cazzo, ma la mia figa protestava, rimaneva avvolta attorno a lui con forza. Entrambi sospirammo ancora, mentre lui continuava ad uscire. Mi sentivo vuota e... ancora eccitata.

Come cazzo era possibile che volessi altro sesso dopo tutto quel piacere!?

Quando mi rimise in piedi, ci guardammo in silenzio per un po'. Si era spogliato, ma non avevo avuto tempo per guardarlo. E cazzo, quella vista era spettacolare. I muscoli si increspavano a partire dal suo ampio petto fino ai fianchi snelli. Le sue cosce erano grandi e forti. Volevo sfregare il mio corpo sul suo, come un gattino che fa le fusa, ma mi appoggiai al muro fresco e rimasi immobile. Avevo sentito quei muscoli maschili, totalmente opposti alle mie curve femminili. Il suo corpo era così diverso dal suo, e questo mi fece eccitare ancora di più. Laddove pensavo che fosse morbido e debole, in realtà era forte, sicuro. Mi aveva mostrato un lato che non conoscevo, ma volevo conoscerlo più a fondo. Tornai coi piedi per terra quando mi accorsi che anche Jack, a sua volta, mi stava fissando. I suoi occhi mi accarezzavano la pelle del viso, del seno, dello stomaco, dei fianchi... della figa. La sentii contrarsi di nuovo e guardai il suo membro duro, ancora coperto dal preservativo. Come se mi avesse letto nel pensiero, se lo sfilò e lo gettò in un piccolo cestino sotto il tavolino.

Avevamo scopato e non eravamo nemmeno riusciti a spostarci dal soggiorno.

Questo mi rendeva un genio o una troietta?

Guardando il suo corpo duro come la roccia, optai per "genio" e dissi alla brava ragazza piena di sensi di colpa di chiudere il becco. Alle brave ragazze non è permesso avere tutto quel divertimento. Le *brave ragazze* non potevano scoparsi Jack Buchanan.

Jack si schiarì la gola e incontrò il mio sguardo coi suoi occhi scuri. Non erano gli occhi incazzati ai quali ero abituata. Ora ci scorgevo intensità, forza, desiderio, tutti focalizzati su di me. Le mie ginocchia quasi cedettero a quella vista. Pian piano cominciò a camminare attorno a me, accarezzandomi con un braccio quando fu vicino. Quando giunse dietro di me, la sua mano scese di scatto sul mio culo. Udii un verso di apprezzamento e capii che gradiva ciò che vedeva.

"Questo è per avermi fatto morire di paura per te."

Poi un suo dito scivolò dentro, fra le mie gambe, attraverso l'umidità che ancora mi ricopriva lì sotto. "La prossima volta non durerà così poco," mi sussurrò nell'orecchio, e i brividi che mi fece venire sulla schiena eccitarono quella zona. "Studierò ogni curva del tuo dannato corpo mozzafiato, e ti farò venire ancor più intensamente. Una sola volta non è abbastanza. Poi, dopo aver memorizzato ogni tuo centimetro dalla testa ai piedi, mi divertirò un po'."

Per una volta nella mi vita, ammutolii. Rimasi di stucco. Rimasi a bocca aperta, battendo occasionalmente i denti nel disperato tentativo di formare una frase. Jack rise sotto i baffi, con un suono leggero, e mi prese la mano conducendomi verso la camera da letto. Ebbi a malapena la facoltà logica per memorizzare i rivestimenti in legno nero, la sdraio felpata e la gigantesca finestra panoramica. Ero troppo sorpresa per parlare, figuriamoci per pensare, mentre lui mi baciava dolcemente.

Dolcemente? Potevo capire la foga e lo spirito selvaggio, ma Jack, dolce?! Non sapevo cosa pensare e non avevo la forza di volontà per resistergli.

Mi spinse sul morbido piumone, e su di me l'unica fonte di luce era quella del cielo grigio in tempesta, mentre lui si avvicinava al letto come un animale selvatico che insegue la preda.

Oh merda, era davvero muscoloso. E quel cazzo? Era riuscito ad entrare dentro di me? Mettendo un ginocchio sul letto e inclinandosi su di me, cominciò a baciarmi sulle labbra, scendendo verso il mento, la gola. Le sue mani mi accarezzarono lo stomaco, le braccia, le cosce, e la sua esplorazione mi accese tutta. Tutte le mie terminazioni nervose si erano risvegliate col nostro sesso sfrenato nel soggiorno, e ora stavano sull'attenti, felici di ricevere quell'amore dalla sua bocca, dalle sue mani.

"Hmm," osservò Jack. "Da dove dovrei cominciare?" sussurrò, mentre mi mordicchiava la curva del fianco. I suoi baci si avvicinavano all'interno, verso le mie profondità, e sussultai quando la sua lingua toccò quelle pieghe.

"Mmm," grugnì sulla mia pelle sensibile. "Credo proprio che questo sia il punto migliore," disse stuzzicandomi, e poi i nostri occhi si incontrarono sulla mia pancia distesa. Mi rivolse uno sguardo follemente perverso prima di affondare la faccia, e la mia testa cadde all'indietro fra i cuscini; la mia razionalità fu sconfitta dal piacere prodotto dalla sua bocca e dalle sue dita, mentre mi faceva venire ancora e ancora.

CAPITOLO QUARTO

nna

MI SVEGLIAI DI SOPRASSALTO. La realtà mi piombò addosso, prima ancora che aprissi completamente gli occhi.

Sono andata a letto con Jack Buchanan! Sono una fottuta idiota!

Mi sedetti e le lenzuola scivolarono a terra, lasciando visibile la mia pelle nuda. I capezzoli erano duri, sodi. E mi sentivo... sbattuta. Dolorante, ma ancora un po' eccitata. *Scrupolosamente sbattuta,* come aveva detto Jack la sera prima.

Dovevo andarmene. Dovevo assolutamente lasciare quel letto. Lasciare l'Alaska. Quella notte era stata una botta e via, un errore. Dovevo salvarmi, prima che la nave partisse per una meta che non volevo raggiungere. Gli orgasmi che mi aveva dato? Beh sì, avrebbero potuto darmi dipendenza. Anche lui stesso avrebbe potuto darmela. Non era un coglione. Era solo Jack, il tipo figo, selvaggio ma anche tenero a letto. Premuroso. Originale. Sempre attento che fossi io la prima a venire... ogni volta. Non avevo idea che ci fossero così tante posizioni – e superfici – e modi per fare sesso.

Era supino, con un braccio sulla testa. Mentre dormiva non era pericoloso, ma una volta essersi svegliato, una volta aver aperto quegli occhi, allora essi mi avrebbero tenuto prigioniera.

Cazzo.

Cercai i miei vestiti sul letto, ma non riuscivo a vederli. Scesi lentamente dal letto. Per nulla al mondo lo avrei svegliato. Il mio corpo lo bramava, anche in quel momento. E ancor peggio, il mio cuore soffriva nel guardarlo sotto la luce dell'alba, ricordava il modo in cui i suoi occhi avevano guardato i miei, il modo in cui mi aveva fatto promesse così erotiche e perverse. A Jack piaceva parlare, dirmi ogni piccola cosa che avrebbe fatto al mio corpo.

E quelle anticipazioni erano forse peggio dell'azione concreta. Mi aveva fatto eccitare talmente tanto che aveva dovuto a malapena respirare sul mio clitoride per farmi andare in mille pezzi, farmi gridare il suo nome come una selvaggia.

Sì. L'unica soluzione, se volevo rimanere lucida, era quella di scappare come una codarda.

Sbirciai al di fuori della porta della camera, vidi la sua camicia sul pavimento del soggiorno e avanzai in punta di piedi verso di essa. La mia camicia era a qualche passo di distanza, sgualcita, ancora umida, senza nemmeno più un bottone. Mi infilai la camicia di Jack e la abbottonai.

Presi le mie calzette bagnate, presi il mio thermos, mi infilai i jeans e gli stivali. Erano tutti disgustosamente fradici, ma dovevo soltanto tornare a casa. Mi preparai a sentire la voce o i passi di Jack dalla camera, ma non sentii nulla. Sgattaiolai fino alla porta, girai la maniglia e pregai silenziosamente affinché non mi sentisse.

Mentre me la svignavo verso la zona meridionale della casa e mi dirigevo verso la fila di alberi, sentii una leggera fitta nel petto, una sorta di senso di colpa per quella grande fuga.

Non merita di svegliarsi da solo in quel letto gigante. È stato così bravo stanotte.

I pensieri ricominciarono a turbinarmi nella testa e mi ricordai del respiro caldo di Jack sulla mia nuca mentre mi scopava ancora, quella volta da dietro. Aveva mantenuto la promessa; aveva coccolato ogni centimetro della mia pelle prima di darmi, una volta per tutte, il suo cazzo, per il quale, alla fine, lo supplicai. Le sue mani mascoline e violente mi avevano afferrato i fianchi, il suo cazzo mi aveva sbattuta per bene, i miei nervi si erano sfilacciati in un altro orgasmo. E ancora un altro. A un certo punto avevo perso il conto, cosa che non mi era mai successa con gli altri uomini, dato che non era poi così difficile contare fino a zero, od occasionalmente a uno.

Continuai a seguire il sentiero costeggiato dagli alberi, dirigendomi verso il lago, ma la mia mente era ancora nella baita. Improvvisamente mi ricordai della sua barba, ruvida e corta, sul mio fianco.

Cominciò a mancarmi il fiato e, al ricordo dei suoi morsi sul mio interno coscia, il piede scivolò sul troncone di un albero. Ad un certo punto aveva sussurrato, "Mi prenderò cura di te, tesoro. Questa volta si tratta soltanto di te," mentre la sua bocca si poggiava sulla mia figa. Mi aveva fatto reggere a lui, mentre mi contorcevo in preda all'orgasmo, totalmente fuori controllo. Emisi un piccolo gemito di apprezzamento, con le ginocchia deboli per quell'enorme quantità di piacere che mi aveva regalato.

La mia figa si contrasse al pensiero della bocca di Jack su di me.

Ecco, vedi, è proprio per questo, cazzo, che dovevo andarmene subito da qui, mi scrollai di dosso quelle fantasie e accelerai il passo.

Mentre avanzavo, tenevo d'occhio la casa, sperando che Jack non aprisse la porta e vedesse i miei vestiti a quadri fra gli alberi. Finalmente abbastanza lontana dalla baita, sgattaiolai verso il molo, con gli occhi ben aperti per avvertire ogni minimo movimento dietro di me. Tirando un sospiro di sollievo, mi voltai in direzione dell'aeroplano e mi imbattei proprio in Jack Cazzo Buchanan.

"Dove pensi di andare, Signorina Jackson?" mi chiese. Il suo viso sembrava scolpito nella pietra, privo di espressione; non capivo se fosse arrabbiato, ferito o se stesse semplicemente facendo il cazzone.

Rimbalzai sul suo petto, mi ricomposi e lo gelai con lo sguardo, tentando di nascondere il rossore dovuto all'imbarazzo.

Indossava soltanto un paio di jeans a vita bassa, e ciò voleva dire che la sua pelle statuaria brillava sotto il sole dell'Alaska. Mi sentii una sciattona in confronto a lui, ricoperta di vestiti ancora zuppi e stivali fradici. Quella fu la peggior umiliazione. Di sempre.

"Da dove salti fuori?" chiesi stizzita. *Ottima replica, Anna.* Lo sorpassai per dare un'occhiata al mio aeroplano. Mi dimenticai di Jack per un momento mentre mi rendevo conto, sotto le prime luci del mattino, delle conseguenze di quella furiosa tempesta. Il galleggiante destro era gravemente ammaccato, tanto che il mio piccolo bimbo giaceva su un fianco, rimanendo a malapena a galla. *Cazzo.* Non sarei riuscita in alcun modo a volare o atterrare con un galleggiante così malridotto. Jack si schiarì la gola e io ripresi a guardarlo in malo modo.

"Dal mio letto, dov'eri anche tu fino a cinque minuti fa." Mi fissò, sfidandomi a dire... cosa? "Dove dovresti essere anche ora."

"Non posso rimanere qui, Jack." Non avevo il tempo o la pazienza di stargli a spiegare le cose.

Lui era troppo pericoloso. Era come il mio punto debole e se fossi rimasta lì, se me lo avesse chiesto, sarei *rimasta*. In Alaska. Lì. Nel nulla.

"Beh, non credo tu possa andare da nessuna parte. Sembra proprio che tu abbia quasi tranciato uno dei tuoi galleggianti, quando ieri sera hai fatto un atterraggio così accidentato," disse, quando si voltò a guardare il mio aeroplano. "Mi chiedo quali altri danni tu abbia provocato."

Il battito del mio cuore accelerò al pensiero di averla scampata per un pelo la sera prima. Sapevo di essere stata fortunata, che sarebbe potuta andare molto peggio, ma allo stesso tempo mi vergognai a morte quando ricordai che Jack mi aveva visto fare quell' "atterraggio accidentato", per dirla con le sue stesse parole. Quelle sue parole mi facevano soltanto incazzare e mettere sulla difensiva. Ero sopravvissuta. Ogni atterraggio era un buon atterraggio, o no?

"E tu saresti capace di atterrare durante una fortissima tempesta?! O anche solo di volare, ragazzino di città? No? Proprio come pensavo," lo aggredii e soffocai il desiderio di dargli un calcio nelle palle, ma poi ricordai quello che era riuscito a fare col suo membro.

Lo spinsi via per poter valutare meglio l'entità dei danni, e sospirai.

Jack sbirciò curiosamente dietro di me, per guardare il galleggiante. "Non sarò un pilota, ma quello sembra davvero messo male." Lo disse con un tono abbastanza innocente, ma comunque mi spinse oltre il limite della sopportazione.

"Ah davvero, Jack? Eh già, non posso volare e nemmeno far atterrare un idrovolante senza galleggianti! Devo chiamare un altro pilota e farmi portare il pezzo. Fino a quel momento sarò bloccata qui."

"Mi vengono in mente un paio di cose che potremmo fare per ammazzare il tempo."

Era inevitabile notare che la vita bassa dei suoi jeans facesse intravedere la curva del suo fondoschiena, le fossette sulla zona lombare della schiena. I graffi sparsi sulla sua pelle dorata. *Segni che io gli avevo lasciato.*

"E con la mia camicia addosso sei talmente bella che ti mangerei."

Il. Sesso. In. Persona. Era micidiale. Irresistibile. E indossavo la sua camicia; il suo calore e il suo odore stuzzicavano i miei sensi nella fresca brezza mattutina.

"No." Scossi la testa. "No, no, no. *No*. Doveva essere una sola notte. E rimarrà tale."

Alzò le spalle, sollevando l'angolo della bocca. "Posso portarti in città per vedere se abbiano un pezzo di scorta. Abbiamo buone possibilità di trovarlo.

Oppure puoi chiamare il pilota. Ma, in ogni caso, questa roba - " sventolò una mano fra noi " – durerà più di una notte, principessa. Chiedilo alla tua fighetta. Lei lo sa."

Scoppiai quasi a ridere, ma quell'istinto fu sopraffatto dalla vergogna. Non capivo cosa volesse dire con quel *più di una notte* e rimasi lì, ammutolita per lo shock, mentre lui ripercorse il molo e si incamminò verso il sentiero nel bosco.

Lo seguii, consapevole che rimanere sulla banchina sarebbe stata una completa perdita di tempo. Una notte. Una sola. Ma allora perché i miei capezzoli si indurivano all'idea che potesse esserne un'altra? Provai a dimenticare la sensazione della sera precedente, quella della sua barba sul mio seno. O il modo in cui era rimasto immobile durante il terzo orgasmo, con la mascella serrata e gli occhi chiusi e strizzati. Il modo in cui mi aveva fatto ridere, quando mi aveva girata per farmi sedere su di lui, in posizione cowgirl. O il modo in cui, dopo aver finito, ci eravamo scambiati dei sorrisi e ci eravamo addormentati l'uno nelle braccia dell'altra.

E no. Proprio no. Non avevo intenzione di pensarci ancora.

CAPITOLO QUINTO

ack

L'ATMOSFERA durante il tragitto in auto per raggiungere la città fu a dir poco tesa. Avrei voluto darle una bella lezione per aver tentato la fuga. *Ma che cazzo le prendeva? Avevamo passato una bellissima notte insieme e voleva andarsene senza nemmeno salutarmi?*

Con le mani sul volante, la mia mente tornò a quella notte, ai tre orgasmi assurdi e sconvolgenti. Avevo perso il conto dei suoi, e non avevo nemmeno provato a sopprimere quel senso di soddisfazione primitivo e fortemente mascolino che provavo nel sapere che avevo maneggiato il suo corpo come un esperto, che l'avevo fatta venire ancora e ancora fino a farla essere alla mia mercé, fino a concedersi completamente. Nella penetrazione mi calzava a pennello. Eravamo una coppia ben assortita e questo mi aveva lasciato di stucco.

Ora ne ero sicuro; la tensione fra noi, nei mesi precedenti, non era stata rabbia, ma un'attrazione latente che cuoceva a fuoco lento, e che la scorsa notte era arrivata ad ebollizione. C'era sicuramente qualcosa fra di noi, qualcos'altro al di là del semplice sesso.

Ma lei ha provato ad andarsene, coglione.

Aspettavo che i vestiti si asciugassero; non c'era molto che potessi fare per la sua camicia. O che volessi fare. Adoravo il fatto che stesse indossando la mia.

Quella mattina avevo provato a tenermi impegnato preparando il caffè e la colazione prima del solito, ma niente sembrava funzionare. Lei era come una calamita, non riuscivo a smettere di desiderarla. Nemmeno adesso che i suoi pantaloni erano nell'asciugatrice e che lei non portava il reggiseno, e con la coda dell'occhio riuscivo a vedere i suoi seni balzare ad ogni buca o salto su quella dannata strada sterrata che ci avrebbe portato in città.

Sapeva, più o meno, quale effetto avesse su di me?

Dopo un paio di minuti dalla partenza, Anna si appoggiò allo schienale del sedile e fece un respiro profondo. "Scusami se questa mattina ho provato ad andarmene senza nemmeno salutarti. È solo che... è complicato. Io non voglio una relazione, non ho bisogno di qualcosa che metta a rischio l'opportunità di andarmene dall'Alaska. Non prenderla sul personale," aggiunse con un sorriso fugace. Mi tirai su di scatto a quelle parole. *Andarsene dall'Alaska.*

"E dove andrai se lasci l'Alaska? Non hai la tua famiglia qui?" le chiesi, con gli occhi fissi sulla strada sterrata, sconnessa e piena di buche.

"No, mio padre è morto l'anno scorso," mormorò Anna con tono triste. "Pensavo lo sapessi; era lui che faceva le consegne a domicilio prima di me. Non ho alcun motivo per restare qui, a parte la nostra casa. Ho cercato di venderla, ma ancora niente. Se riuscirò a venderla, me ne andrò," mi disse, con lo sguardo sulle dita intrecciate sul ventre.

"Non sapevo di tuo padre, mi dispiace," dissi, e lasciai che il silenzio cadesse su di noi per qualche secondo.

"Grazie," sussurrò, ed entrambi ci abituammo a quel silenzio tranquillo per il resto del tragitto. Tuttavia, il mio cervello non riusciva a stare tranquillo, pensava a questa donna, bellissima e decisa, che voleva lasciare l'Alaska. Che voleva lasciare anche me e buttarsi a capofitto nel caos e nel rumore della città, dai quali io, invece, ero fuggito nell'ultimo anno.

L'Alaska, la mia baita sperduta nel nulla, ormai erano diventate la mia casa. Ma mentre cercavo, e invano, di ignorare la donna ardente al mio fianco, mi chiedevo se sarei rimasto così convinto anche quando lei si fosse lasciata l'Alaska, e me, alle spalle.

Quando arrivammo al centro commerciale, Anna entrò di corsa, entusiasta, stranamente adorabile con i miei vestiti addosso tutti arrotolati. *È così acqua e sapone*, pensavo stupito entrando dietro di lei. Il mio pensiero andò a Victoria, alle sue manicure e ai suoi capelli sempre in ordine. Alle sue borse da migliaia di euro, alle lenzuola per la culla. Al bambino.

No! Non provarci, Buchanan. Torna in te!

Mi scrollai di dosso quei ricordi e il dolore che li accompagnava, e mi guardai attorno nel negozio.

Presi un cestino all'entrata e mi avvicinai al primo scaffale. Presi un paio di cose di cui avevo bisogno e per le quali non avrei dovuto pagare le consegne a domicilio di Anna. Burro d'arachidi, carta igienica, riviste, solite cose. Non capii quanto cazzo fosse noiosa l'Alaska fino a quando non ci vissi per qualche mese. Allora smisi di sottovalutare il valore di una buona rivista.

Udii la voce di Anna, proveniente dall'ultimo bancone, squillante come una tromba. Parlava in tono gentile, colloquiale, come se conoscesse l'interlocutore.

Avvicinandomi, la sentii chiedere al commesso della sua artrosi. Quell'uomo anziano le fece delle domande a sua volta, e fecero qualche pettegolezzo sugli abitanti della città.

Aggiunsi solo un altro prodotto al carrello e tornai al bancone, sorridendo ad Anna. Si voltò e mi vide andarle incontro, e i suoi occhi mi scrutarono dagli stivali fino agli avambracci, in bella vista grazie alle maniche arrotolate verso l'alto.

Quegli occhi si fermarono su tutti i posti giusti e quando, finalmente, il suo sguardo incontrò il mio, le feci un sorriso, per farle capire che avevo notato la sua ispezione.

"Allora? Trovato niente?" chiesi appoggiandomi al bancone. Il commesso, un signore anziano con la pelle di un pescatore, ruvida e segnata dalla fatica, mi sorrise gentilmente. "Mi dispiace, signore, ma non abbiamo il galleggiante che cercate. Dovrà arrivarmi da Anchorage, e ci vorrà qualche giorno."

Anna sbuffò, visibilmente irritata da quella notizia. Mi morsi il labbro per non ridere, ma fallii miseramente.

"Sembra proprio che siamo bloccati qui per il resto della settimana, Signorina Jackson. C'è qualcos'altro che vuoi comprare? Ho preso giusto l'indispensabile, ma sentiti libera di aggiungere qualsiasi cosa al carrello." In quel preciso istante, Anna diede un'occhiata al carrello e il suo sguardo cadde sulla grossa scatola di preservativi che avevo messo proprio in cima. Gettò gli occhi al cielo ed emise un suono gutturale davvero poco femminile. Io risi sotto i baffi, mentre lei si diresse verso il reparto alimentare, e intanto cominciai a mettere la spesa sul bancone.

Mentre sistemavamo le buste ricolme di beni di prima necessità nel cofano del mio furgone, sentii lo stomaco di Anna brontolare. Mi sentii in colpa, realizzando che non aveva mangiato granché. Avevo preparato la colazione, ma aveva dato solo un morso al toast. Non si era lamentata, ma sapevo che quello non era il suo modo di fare. Lei era una sfida, un enigma che avrei dovuto risolvere, sbloccare, per farle avere fiducia in me, al punto da permettermi di prendermi cura di lei.

Volevo quella fiducia. Volevo si sentisse al sicuro, tanto da lamentarsi, urlarmi contro, prendermi a parole, ma sapevo che avrei dovuto guadagnarmi quella confidenza. Victoria aveva reso tutto molto semplice, mi aveva fatto credere che mi amasse. Ma ora ero più maturo, sapevo che il cuore di una donna andava conquistato.

Quando mi voltai verso di lei, la fame fece brontolare anche il mio stomaco.

"Dovremmo fare un salto al bar, mangiare un boccone prima di tornare."

Annuì e ci incamminammo, fianco a fianco, verso l'unico luogo che assomigliasse a un ristorante in quel paesello. Avevano solo un paio di piatti, ma tutto era molto buono. Avevo imparato, la prima volta che avevo mangiato in quel posto, che era meglio non chiedere di che carne fosse l'arrosto. Non era mai manzo. A volte era alce, altre volte era caribù. Quando entrammo, tutti ci fissarono e, quando videro Anna, alcuni si avvicinarono per salutare Anna. Non me. Lei.

Anna rispose gentilmente alle loro domande, con battute e toni canzonatori. Nel guardare tutte quelle persone ovviamente premurose nei suoi confronti, sentii una specie di colpo al petto. Anche lei era premurosa con loro.

Ma allora perché vuole andarsene da qui?

Chiedeva a tutti dei loro coniugi, figli, nipoti, malattie e dolori vari. Tutti in quel piccolo bar parlavano mentre noi eravamo seduti al tavolo e io, ancora una volta, provai un pizzico di invidia per quello spirito di comunità, di amicizia. Ero già stato in quel bar altre volte, ma ero un estraneo, non ero mai stato accolto con calore. E anche quel giorno fu così. Era passato tanto tempo dall'ultima volta in cui ero stato a contatto con le persone, e ancora di più da quando ero uscito con amici che mi volessero bene. Tutto ciò mi mancava, e questo pensiero mi stupì.

Avevo passato anni interi nella sala riunioni dell'azienda a costruire il mio team, a risolvere, insieme agli altri, problemi apparentemente impossibili. Adoravo costruire qualcosa partendo da zero. E ora una donna che – come mi resi conto in quell'istante – conoscevo a malapena mi stava toccando nel profondo e mi stava facendo rimettere in discussione.

Con Anna non smettevo mai di pensare tanto a lungo da dubitare delle mie scelte. Lei mi aveva fatto diventare disinibito, spontaneo e anche un po' fuori dagli schemi. Mi faceva sentire vivo e mi sfidava, cosa che Victoria non aveva mai fatto.

Mi persi in quei pensieri, mentre Anna disse a una delle donne più anziane che l'avrebbe aiutata a spostare dei mobili la prossima volta che le avrebbe consegnato la spesa a domicilio. Poi un uomo, in un'altra zona del bar, cominciò a dire ai suoi amici che tante persone avevano aiutato un altro abitante a riparare il tetto nel weekend precedente. E dunque vivevano poche persone in quel paesino, eppure tutti si davano una mano a vicenda.

Non era così anche a Seattle? Me ne ero dimenticato?

La nebbia attorno ai miei pensieri cominciò a sparire, come se, stando seduto a fianco a quella donna e ai suoi amici, il bisogno di isolarmi stesse diventando più debole. Quel breve momento d'incertezza e d'angoscia nel ripensare a Victoria si era polverizzato, e mi catapultai di nuovo nel mondo reale, mentre mi immergevo in quell'atmosfera amichevole e calorosa, in quel gruppo di persone fortemente unite e che si conoscevano tutte da tanti anni.

Anna distolse la sua attenzione dagli amici del paese, e si concentrò di nuovo su di me. Il mio respiro si affannò un po' alla vista dei suoi occhi verdi che mi fissavano.

Fece un piccolo sorriso e, quando arrivò la cameriera, ordinò per entrambi.

"Che c'è?" chiese, quando continuai a fissarla. "Non ti piacciono gli hot dog di caribù?"

Scrollai leggermente le spalle. "Non li ho mai assaggiati."

Rise e tirò un tovagliolo bianco dal contenitore sul tavolo, a fianco a quelli di sale e pepe. "Ti piaceranno. Sono i miei preferiti."

Nella mia vita precedente non sarebbe mai accaduto, una donna che ordinava per me. Invece, adesso, cominciavo a capire che non c'era modo di aggirare il comportamento impetuoso di Anna. Era completamente imprevedibile, e lo adoravo. Mi faceva sentire vivo. Il che mi fece tornare al problema di partenza

"Perché lascerai l'Alaska? Non ti mancherà?" pensavo. Forse chiederglielo durante una cena piena di amici non era la scelta migliore, ma volevo saperlo. Perché avrebbe lasciato tutti quelli che conosceva e amava?

Io sapevo perché avevo lasciato Seattle, ma Anna? Lei era diversa. Lei apparteneva a quel posto. Queste persone non erano solo conoscenti o dipendenti, erano amici e vicini di casa. La sua famiglia. A loro importava di lei.

Si prese un momento per ricomporsi, aspettando di rispondermi non appena la cameriera avesse portato i nostri drink.

"Mia madre è morta quando avevo quattro anni, un incidente in motoslitta, se proprio vuoi saperlo. Non la ricordo molto bene, ma papà era pazzo di lei. Lui e io abbiamo volato per consegne e traporto di pacchi dappertutto dopo la sua morte. Lui mi ha insegnato a volare e quell'aereo sul tuo molo era suo. È morto un anno fa, come ho detto. Morto nel sonno. Il medico ha detto che è stato un infarto".

Si prese qualche secondo e si fermò, chiaramente sconvolta da quel ricordo. Pensai di prendere la parola per scusarmi, ma ricominciò a parlare.

"Dopo la morte di papà ho iniziato a pensare, 'Qual è il punto?' Sai? Qual è il motivo per cui sono qui, a fare questo, quando non ho motivo di restare? Potrei finalmente andarmene da qui. Andare a vedere il mondo. Viaggiare. Iniziare una nuova attività di noleggio in qualche nuova zona. Potrei fare tante cose", concluse, con gli occhi persi nel vuoto. "Ho preso lezioni di business e management online per completare la mia laurea. Spero che, quando finalmente me ne sarò andata, potrò iniziare una mia attività di noleggio di aerei, facendo volare i turisti in giro. Forse anche gestire un piccolo aeroporto. Ma senza i soldi della vendita della casa di papà, non posso ancora partire. Comunque ci riuscirò presto," aggiunse tranquillamente Anna. Sorrise quasi, ma poi sembrò ricordare che quella piccola sessione di botta e risposta era stata possibile solo grazie alla mia domanda.

Ero senza parole. Non mi ero reso conto che avesse così tanta voglia di andarsene, che avesse pensato così minuziosamente a quel progetto. L'università. La vendita della sua casa. Erano idee rischiose per chi non avesse un appoggio o una famiglia su cui contare. Conclusi che era una ragazza di ventiquattro anni che sognava le mille luci di New York. E io invece ero lì, nel posto sbagliato, e silenzioso come un maledetto ceppo d'albero. Scossi la testa e mi chiarii i pensieri. Tossii prima di trovare, finalmente, la voce; mi sentivo come il più grande coglione al mondo.

"Anna, mi dispiace. Non avevo idea che fosse così. Per favore, perdonami per essere stato un tale stronzo," mi sporsi in avanti e le accarezzai la mano. Lei la tirò indietro, e io sentii come un piccolo elastico schioccarmi nel petto: il pizzicotto doloroso del suo rifiuto.

"Sì, beh, qual è la *tua* storia, Jack? Come mai un ragazzo di città come te è finito nel nulla, nell'Alaska al confine del mondo?"

Gli occhi di Anna erano illuminati dalla curiosità, e

cominciai a parlare prima di recepire tutte le parole. Feci un respiro profondo e decisi di dirle tutto. Non mi era mai importato di quello che la gente pensava, prima, ma ora volevo che Anna sapesse la verità. Avevo bisogno che lei capisse.

"Beh, poco più di un anno fa ho venduto la mia ultima startup e mi sono trasferito qui da Seattle. Da quella vendita ho ricavato parecchio denaro, ma ne ho perso la maggior parte per la mia ex. Mi aveva detto che stavamo per avere un bambino... ma ha mentito." Mi fermai e feci un respiro profondo.

Guardai Anna velocemente per vedere se stesse sorridendo all'idea che fossi stato così stupido da permettere a Victoria di approfittare di me, ma invece vidi sul suo viso lo stesso dispiacere che avevo percepito quando mi aveva raccontato la sua storia. Non mi stava giudicando, non ancora.

"Il suo nome era Victoria. Ci stavamo frequentando, è rimasta incinta, e io ho sempre desiderato diventare padre, quindi... "

"L'hai sposata."

"Stupido, vero?" Mi passai le mani tra i capelli e proseguii con i dettagli più agghiaccianti. "Ci eravamo sposati quasi da un anno, quando un giorno si presentò il suo ex, chiedendo un test di paternità e centomila dollari."

"Oh Dio."

Sorrisi, ma sapevo che l'umorismo non attecchiva

nei miei occhi. "Beh, non so se Dio abbia messo il suo zampino in questa storia, ma il test svelò la verità: non fui più papà. Persi la mia bambina e mia moglie in un solo giorno, tutto per colpa di un broker di investimenti, un pezzo di merda che le avevo presentato a una festa aziendale."

"Cavolo, Jack. Che stronza. Sono così dispiaciuta."

"Ma la cosa peggiore fu che vendetti la mia startup per poter stare con lei e la bimba, comprai tutto il materiale per neonati, persino un'auto più spaziosa per portare il seggiolino. Amavo quella bambina. Jack Buchanan, il grande uomo d'affari miliardario, lasciò tutto per una bambina. Sua madre era una donna difficile e, a dire il vero, non l'ho amata come avrei dovuto. Ma feci la cosa giusta. E poi scoprii... che se la faceva con un altro e io non ero il padre della bimba." Il respiro mi rimbalzò nel petto e mandai giù un grande sorso di soda per nascondere quel momento di debolezza.

Le piccole mani di Anna si allungarono sul tavolo di laminato verde e afferrarono con decisione le mie. "Jack, sono davvero, davvero dispiaciuta. Non ne avevo idea, sono stata *io* la vera stronza per essermi sempre comportata da vipera con te. Non posso credere che tu non me l'abbia mai detto, persino quando ti stuzzicavo tutto il tempo..." i suoi occhi si appannarono di nuovo e io mi allungai per accarezzarle la guancia.

"Va tutto bene, davvero. Meriti di sapere, ed è ora che mi confidi con qualcuno. Dico sempre che ho venduto la mia attività e mi sono trasferito nella mia baita per una breve vacanza. Che non me ne sono andato definitivamente. Che recentemente mi sono innamorato dell'Alaska, e da allora non sono più tornato a casa. Ma continuo a mentire a me stesso e a tutti gli altri. Ho detto alla mia famiglia che me ne sto qui perché non sono pronto per andare a lavorare con i miei cugini, perché l'Alaska è semplicemente troppo rilassante. Ma questa è una bugia. La verità è che non sono ancora pronto ad affrontare i miei ricordi a Seattle."

Quelle parole mi uscirono di bocca e sentii un enorme sollievo quando, finalmente, la verità venne a galla. Mia madre era l'unica a conoscerla e io ero abbastanza sicuro che fosse quello il motivo per cui avesse assunto Anna per portarmi la spesa. Aveva per caso combinato quegli incontri?

Beh, si incazzerà quando scoprirà che la donna dei miei sogni sta per abbandonare l'Alaska.

Sì, questa donna, questa esile e minuscola testa calda era quella che volevo.

Rimanemmo seduti in un silenzio amichevole, prima che Anna si mettesse un po' più dritta, di nuovo a disagio.

"Jack... perché non hai mai fatto una mossa prima? Tutte quelle volte che ti ho consegnato la spesa, sapevo che eri interessato. Almeno alle mie tette e al mio culo," aggiunse con una risatina.

"Gli uomini stanno avanti qui. Ma non hai mai fatto niente. Ho persino pensato che fossi castrato", disse ridendo, ma solo per coprire l'insicurezza che intravedevo nei suoi occhi.

"Non hai bisogno di nessuno, Anna. È palese. Sei stupenda, tanto da togliere il fiato," aggiunsi fissando direttamente i suoi occhi ardenti. "Non hai bisogno di nessuno che ti aiuti a pilotare un aereo, scaricare pesanti borse frigo, tritare legna... qualsiasi cosa. Sai fare tutto da sola. E ho scambiato tutto questo per disinteresse, quindi non ho mai fatto una mossa", dissi sporgendomi verso il bancone usurato. "Se avessi saputo quanto calore ardesse in te, ti avrei trascinato a letto la prima volta che ti ho visto."

Lei arrossì furiosamente e si rifiutò di incontrare il mio sguardo. Giocherellò con le posate e si morse un labbro, tenendo la testa bassa. "Devo essere in grado di fare tutto questo perché ora sono sola. Voglio davvero fare tutto? Sì, ma solo per sapere che sono in grado di farlo. Voglio fare tutto da sola per sempre?" Scosse la testa. "No, non voglio."

Cosa voleva dire? Voleva che qualcuno si prendesse cura di lei? Voleva che *io* mi prendessi cura di lei?

"Cosa ti ha fatto... cambiare idea ieri sera?" chiese timidamente, il che mi stupì. *Anna? Timida?*

"Pensavo che stessi per morire e schiantarti con

l'aeroplano nel lago ghiacciato. Non so cosa sia successo, Anna, mi hai semplicemente risvegliato. Mi sono addormentato un po' al volante, e qualcosa riguardo a te mi ha cambiato dentro." Alzò lo sguardo, i suoi occhi erano morbidi e tondi. Questa conversazione stava diventando troppo pesante per degli hot dog di caribù. "Inoltre, mi sono reso conto che sarei rimasto piuttosto sconvolto se tu fossi morta, prima che potessi vedere le tette perfette che cerchi sempre di nascondere sotto quelle camicie a maniche lunghe."

Anna ansimò, tirò fuori la cannuccia dal suo drink e me lo gettò direttamente in faccia. Ridacchiò senza pietà, mentre io saltai fuori dalla mia parte della cabina e la trascinai fuori da sola. Smise di ridacchiare e si addolcì, appoggiandosi a me.

"Bene, signor Buchanan," la voce sensuale di Anna mi risuonò nelle orecchie. "Credo proprio che avremo qualche giorno, prima che arrivino i miei pezzi di ricambio. Potremmo anche tornare da te e farne buon uso."

"Prendiamoci quegli hot dog di caribù da asporto."

Ricordavo a malapena il tragitto di ritorno a casa. Tutto ciò a cui riuscii a pensare era *sfruttare al meglio quei giorni*.

CAPITOLO SESTO

nna

Quando tornammo in cabina, riuscimmo a malapena a varcare la soglia, prima che i nostri vestiti si strappassero e le nostre labbra si chiudessero nella lussuria più pura. Per due giorni di seguito, Jack e io approfittammo pienamente delle circostanze. Jack non poteva sapere se ci fosse qualche altra zona della baita in cui fare sesso. Mi aveva sbattuto contro le fredde pareti rivestite di pannelli di legno, contro i lucenti pavimenti di quercia, piegato sui suoi lucenti contatori di granito in cucina. A un certo punto, durante il secondo giorno, tentammo di gattonare fino alla camera da letto, ma riuscimmo ad arrivare soltanto al tappeto felpato nel corridoio. Lo facemmo persino in varie posizioni che non ricordavo essere nel Kamasutra. Piegata sulla sdraio nella sua camera da letto principale, distesa sulla bella panca di pietra nella doccia, a cavalcioni sopra di lui sulla scrivania del suo studio, sull'altalena che sovrastava l'acqua. Ero davvero consumata, ma sempre più affamata.

Per tutto il tempo, fui in uno stato di costante estasi, ogni orgasmo si riversava nel successivo. Ci fermammo solo per mangiare, e anche il cibo prese una piega divertente ed eccitante.

Jack sussurrò nel mio orecchio durante tutta la maratona sessuale e mi adorò con le mani. Mi disse che ero bella, che lo facevo impazzire. Trattò il mio corpo con attenzione, in modi che non sapevo esistessero, e reclamò parti di me come nessuno aveva fatto prima di allora. Le sue attenzioni e le coccole mi dicevano che anche lui era preso. Qualunque cosa fosse, ci rendeva entrambi pazzi l'uno per l'altra. Mi sentivo una tossicodipendente. Non ne avevo mai abbastanza, e non appena si fermava, volevo di più.

C'era del feeling fra di noi. Lo sentivo ogni volta che le nostre labbra si incontravano, ogni volta che un altro orgasmo sbatteva dentro di me.

Alla fine del secondo giorno ci andammo piano, il culmine pian piano svanì. Le mani di Jack mi tenevano il culo e lui muoveva il cazzo dentro e fuori, dentro e fuori, proprio mentre un altro orgasmo si increspava lungo la mia spina dorsale. Mi teneva le gambe divaricate, mentre io me ne stavo completamente aperta sulle lenzuola, e il sudore gocciolava sul suo petto glorioso e abbronzato. Anche lui era sfinito, ma nessuno dei due si fermò. Nessuno dei due voleva.

La sua mascella era serrata e tutti i muscoli tesi, mentre tratteneva l'orgasmo... per me. "Ti farò venire altre due volte, principessa, poi tocca a me," disse a denti stretti, appena udibile a causa dei miei gemiti di estasi.

Per me non c'era problema.

Jack appoggiò il pollice sul mio clitoride e, subito fradicio del mio desiderio, cominciò a strofinare in movimenti concentrici attorno a quel fascio di nervi già sensibile. Come se il corpo non potesse sopportare di più, la mia schiena si inarcò e la bocca di Jack si posò sui miei seni. Mi leccò e mordicchiò i capezzoli, mentre massaggiava il clitoride brutalmente. Le onde d'urto passarono dalla mia figa ai capezzoli, e di nuovo giù, mentre l'orgasmo arrivò da qualche parte nelle mie profondità.

Tuttavia, il pollice e la bocca aggressivi di Jack non si fermarono, e l'eccitazione dell'ultimo orgasmo si calmò appena prima che si trasformasse in un nuovo orgasmo. Mentre l'attrito del suo cazzo e della sua mano diventava ingestibile, sussurrò, "Urla per me, piccola."

E infatti, urlai.

MI SVEGLIAI QUALCHE TEMPO DOPO, sola. Ero ancora stordita dai miei orgasmi e dal verso emesso da Jack, quando aveva raggiunto l'apice. Era un suono territoriale, gutturale e in qualche modo vulnerabile. Come se lo avessi sciolto.

Oh no, non provare ad andare oltre, mi gridò il mio cervello razionale. *Ora non è il momento di innamorarsi di qualcuno. Ora è il momento di lasciare l'Alaska, ricordi?* Non mi preoccupai di dire al mio lato razionale che mi ero già innamorata di lui; ormai lo sapevo.

Mi alzai e trovai una delle camicie di Jack sul pavimento; me la infilai. Mentre infilavo i bottoni nell'asola, temevo che il mio corpo sapesse già quello che invece non sapeva la mente.

Ci sono dentro fino al collo.

I miei sogni erano troppo importanti, troppo grandi per essere infranti da un ragazzo che voleva nascondersi nei paesaggi selvaggi dell'Alaska. Non importava quanto Jack significasse per me, io me ne sarei andata. Tutt'a un tratto era così facile a dirsi, ma così difficile a farsi.

Sbirciai nel salotto e mi chiesi dove fosse Jack. Sentii un piccolo rumore provenire dallo studio, situato in un'altra zona. Jack se ne stava tranquillamente al suo computer, coi pantaloni della tuta appesi in vita e nessuna maglietta, a quanto vedevo.

Probabilmente perché gliel'avevo strappata di dosso.

Non mi aveva visto dalla posizione in cui si trovava di fronte allo schermo del suo computer, perciò mi avvicinai furtivamente in punta di piedi, pronta a spaventarlo a morte.

"Sei davvero poco furba, principessa," dichiarò Jack ruotando la sedia per guardarmi. Apparentemente, "Furba" non era un aggettivo a me adatto. Jack mi attirò a sé, mi mise in grembo e rigirò la sedia verso il suo computer. Seppellì la faccia tra i miei capelli e respirò profondamente.

"Hai il mio profumo. Mi piace" mi sussurrò all'orecchio.

Feci finta di non gradire le sue parole e invece guardai lo schermo del computer.

Che cosa era stato a guardare il serio Mr. Buchanan mentre dormivo? Un porno?

"Cos'è questo?" Gli chiesi muovendo il mouse. Mi misi dritta, quando riconobbi il logo di una società con sede a Seattle: Tecnologia Buchanan. "Affari di famiglia?"

"I miei cugini. È una loro startup. Sta andando bene e vogliono che io vada a lavorare con loro", disse pensieroso Jack allungando una mano per chiudere la finestra.

"Una *startup*?" Ridacchiai, poiché la compagnia

sembrava avere il conto un po' troppo in rosso, più di una semplice startup. "Hai intenzione di farlo? Investire su di loro? Rimetterti in gioco?"

Doveva aver letto nella mia mente, perché disse: "Non è proprio una startup, non a questo punto, non quando hanno entrate milionarie ogni anno. Vogliono che li aiuti a far crescere queste entrate, farle diventare miliardarie."

Miliardi. Cristo.

Guardai il suo petto nudo e riportai i miei pensieri con difficoltà su quella conversazione. I nostri occhi si incontrarono e lui mi fece un sorriso come segno d'intesa, ma disse: "Sono la mia famiglia. Inoltre, un portafoglio solido, tonnellate di successo fino ad ora, un team solido e unito, un grande esempio di business... Hanno tutte le carte in regola."

Sottolineò quest'ultima frase accarezzando la mia "parte in regola", facendomi sobbalzare. "I miei cugini possono aspettare. Ci sono altri progetti in cui sono coinvolto che mi tengono impegnato al momento."

Jack si inclinò per baciarmi, mentre allungava una mano sotto la maglietta per accarezzarmi delicatamente il seno. Le mie unghie scivolarono lungo le sue braccia fino ai gomiti, poi alla vita della sua tuta.

"Sì, signor Buchanan." Annuii contro le sue labbra. "Penso che mi piacerebbe esplorare questa opportunità con le mie mani."

Risi maliziosamente mentre mi sollevò, mettendomi sulla sua scrivania. Spingendosi contro le mie ginocchia spalancate, si sistemò tra loro. Quando le sue dita risalirono lungo le mie cosce, caddi all'indietro.

"Quando mi impegno in un progetto - " Le sue labbra seguirono lo stesso percorso fino a quando il suo fiato caldo si espanse sulla mia figa. "Ci metto *tutto* il mio impegno."

Balzai al suono del motore di un piccolo aeroplano appena sopra le nostre teste, e poi sentii il suono inconfondibile dei galleggianti tagliare l'acqua.

L'aeroplano! Il mio galleggiante di ricambio è qui.

Mi alzai di scatto, ma dimenticai che Jack si era sdraiato accanto a me sul pavimento del suo studio. Ci eravamo sistemati lì a terra dopo aver usufruito di nuovo della sua scrivania.

Lo schiaffeggiai in faccia nella fretta di sbirciare fuori dalla finestra e lui gemette, rotolando. "Che cazzo, principessa!"

Lo ignorai e raggiunsi la finestra appena in tempo; il pilota si era girato verso il molo e avvertii la mancanza di rumore, segno che il suo motore era spento.

"Il mio galleggiante è qui. Devo uscire e andare dal pilota!"

Mi lanciai verso i vestiti, trovai una delle camicie che avevo preso in prestito vicino al caminetto, i miei pantaloni in cucina. Girandomi attorno, nuda, cercai le mie mutandine.

"Cerchi queste?" Jack se ne stava fermo lì, in piedi, con le mie mutandine penzolanti dal dito.

Afferrandole, lanciai tutto il resto a casaccio e corsi alla porta. Il pilota, Joe, era sul molo, stava tirando via l'ancora. Era un vecchio amico di mio padre ed ero felice di rivederlo. Parlammo del danno al mio galleggiante, della tempesta per la quale mi ero quasi schiantata al suolo e della casa di papà.

"Ho sentito che qualcuno ha fatto un'offerta, no?" chiese Joe, e il mio cuore si fermò.

"Che cosa? Davvero? Non ho sentito nessuno, sono qui da quasi tre giorni, non ho avuto contatti con nessuno", balbettai.

Venduta? La casa era stata venduta?

"Bene, da quel che ho sentito, hai concluso l'affare. Ti trasferirai a Seattle con quei soldi?" chiese Joe, estraendo il mio galleggiante di riserva dalla sua stiva.

Provai, ma invano, ad ignorare l'immagine pungente di Jack che mi venne in mente quando dissi: "Sì, pronta a partire a gambe levate non appena avrò tutti i documenti firmati".

Joe e io lavorammo duramente per tutta l'ora

successiva, e girammo il mio aereo per posizionarlo sulla riva asciutta. Smontammo il galleggiante ammaccato e avvitammo quello nuovo, un'impresa che sarebbe stata ingestibile, se Jack non fosse uscito per darci una mano.

"Non male per un ragazzo di città", dissi dando una piccola spinta a Jack, mentre ci lavavamo le mani nell'acqua gelida per pulire il grasso. Joe fu molto gentile nel fare il controllo di sicurezza sul mio aereo prima di ritornare sul suo, sistemare i segnali radio e far girare le eliche. Ci salutò voltandosi verso le acque aperte, pronto a decollare. Jack e io osservammo il suo aereo diventare sempre più piccolo prima di parlarci, lasciando le spiacevoli parole sospese nell'aria.

È ora di affrontare il problema, Anna. Feci un respiro profondo. "Jack, io - ", riuscii ad iniziare.

Si intromise. "Non andartene subito, principessa."

Gli occhi marroni di Jack erano pieni di dolore, pieni di un'emozione inespressa che quasi mi sciolsi. Ma feci uno sforzo e gli strinsi le mani.

Guardandolo negli occhi, dissi: "È stato davvero, *davvero* fantastico. Questi sono stati probabilmente i giorni più belli della mia vita. E sicuramente è stato il miglior sesso di sempre." Risi, ma Jack non trovò la cosa divertente. "Ma entrambi sappiamo che *questo*, qualunque cosa *sia,* non andrà oltre. Ho bisogno di qualcuno che voglia vivere appieno, al massimo, esplorare il mondo e affrontare nuove avventure con me, non di qualcuno che voglia nascondersi qui."

Quelle ultime parole vennero fuori in modo violento, ne ero consapevole; furono un duro colpo per lui, ma avevo bisogno che lo ferissero in modo che mi lasciasse andare. E che facessero altrettanto con me, per farmi trovare la forza di spingerlo via e salire sull'aereo.

Gli occhi di Jack si raffreddarono; evidentemente quel commento lo aveva colpito come volevo. La consapevolezza di averlo ferito mi fece reagire come se avessi ricevuto un pugno nello stomaco. Ma colsi l'occasione e mi allontanai lentamente da lui. Non avevo nulla da caricare; tutto era ancora nella cabina di guida. Avevo i miei vestiti, avevo il mio nuovo galleggiante. *Era ora di aprire le danze.*

Proprio mentre stavo salendo sul punto d'appoggio, feci l'errore di guardare indietro. Jack era in piedi sul molo, con i pantaloni inzuppati fino alle cosce e una maglietta bianca striata dal grasso dei chiavistelli. I suoi capelli castani e ondulati erano arruffati dal vento e scompigliati dalle mie dita che lo avevano accarezzato ancora e ancora; non potei fare a meno di sorridere. Balzai giù dal punto d'appoggio e camminai lentamente verso di lui, pronta a dargli un ultimo bacio.

"Anna, non andare," mi pregò prendendomi il viso tra le mani. Mi misi in punta di piedi per baciarlo dolcemente sulle labbra arcuate e perfette. "Ti amo" mi disse.

Lo abbracciai e, in quell'abbraccio, sussurrai: "Ti amo anch'io, Jack." E lo amavo davvero, ma non potevo restare.

Mi guardò, confuso. "Ci vediamo la prossima settimana, giusto? Per la mia consegna regolare?" chiese, e tentò di fare l'occhiolino. Sorrisi in modo vago e indietreggiai, immergendomi nell'ultima immagine che avrei avuto di lui. Non sarei tornata. Non potevo.

Mi voltai e feci marcia indietro verso la cabina di pilotaggio, salii a tutta velocità e azionai le eliche. L'ancora si sollevò troppo lentamente per i miei gusti e osservai Jack camminare lungo la banchina come una tigre in gabbia. La sua pelle abbronzata brillava, i suoi occhi di cioccolato sembravano un po' nebbiosi, e proprio mentre perdevo di vista il molo, vidi il suo braccio ondeggiare per salutare. Era un semplice movimento, ma il mio cuore si spezzò alla vista di quel gesto.

Addio, Jack.

Mi alzai in volo sull'acqua e mi diressi a nord, lontano dalla baita, lontano da Jack, lontano dalla mia vita in Alaska, e le lacrime mi rigavano il viso, mentre mi lasciavo alle spalle l'unico uomo che avessi mai amato.

CAPITOLO SETTIMO

ack

Quella dannata settimana passò troppo lentamente, mentre aspettavo di sentire il vecchio idrovolante di Anna volare sopra la mia testa. A volte pensavo di aver sentito le eliche del suo aereo da nord e correvo verso la porta d'ingresso, sul prato, e sbirciavo dritto verso l'alto. Ogni volta mi imbarazzavo per il livello di delusione che provavo nel profondo del petto.

Ero totalmente distrutto. Sapevo che l'avrei rivista di nuovo dopo pochi giorni, ma il mio cuscino sapeva di lei, il mio studio sapeva di lei, e non riuscivo a togliermela dalla testa. Cazzo, avevamo scopato praticamente su ogni superficie orizzontale nella mia casa. Non c'era letteralmente nessun angolo della baita che potessi guardare senza vederla, sentire la sua voce, il suo calore.

Senza sentirne la mancanza.

Provai a scrollarmi di dosso l'offuscamento provocato da Anna e feci una grande mossa, una mossa che avrebbe segnato il mio futuro più prossimo. Inviai una mail a Seth e Ben. Avevamo programmato una videoconferenza, stabilito il mio coinvolgimento nella compagnia, ed ero pronto a tornare nell'azienda dei Buchanan. Mi avrebbero accolto a bordo come consulente. Ero di nuovo in gioco e mi sentivo bene. Ma, soprattutto, non vedevo l'ora di condividere la notizia con Anna. Questo significava che potevamo lasciare l'Alaska... *insieme*. Che i nostri destini si sarebbero uniti, che le nostre vite non sarebbero più state due linee parallele.

Arrivò finalmente il giorno in cui Anna avrebbe dovuto consegnarmi la spesa. Me ne stavo in salotto, incapace persino di dedicarmi al lavoro o allo studio. Con l'arrivo del pomeriggio divenni decisamente agitato. Facevo avanti e indietro come un pazzo attorno alla baita.

Dove cazzo era?

Non c'era nessuna tempesta, nessun motivo per ritardare. Diedi quasi di matto quando lo sentii: il suono più debole che un aereo a propulsione potesse emettere, proveniente da nord. Rimasi immobile, per essere sicuro che fosse davvero un aereo, prima di correre nel cortile come un folle. *Di nuovo.*

Il rumore si fece più forte e balzai verso la porta; la scardinai quasi per l'eccitazione. Mi lanciai fuori dal cortile e mi catapultai sul prato, con gli occhi fissi verso il cielo. Lo vidi - l'aereo di Anna – piombare ai margini del bosco, a poche decine di metri dall'acqua, per poi atterrare con grazia proprio a sud. Pilotò l'aereo fino al molo, spense il motore e gettò l'ancora proprio mentre il suo idrovolante si trascinò con una leggera spinta nel mio molo. Ero già arrivato al molo e avevo percorso quei sei o sette metri che mi separavano dalla sua cabina di pilotaggio con un paio di salti. Spalancai la porta e vidi...

"Joe?" chiesi, e il mondo mi crollò addosso. Il vecchio sembrava sciocato tanto quanto me. Probabilmente perché avevo spalancato la porta della cabina di pilotaggio con troppo entusiasmo, più di quanto ne vedesse durante le consegne.

"Sì, Signor Buchanan," rispose Joe. "Non aspettava una consegna oggi? Scusi per il ritardo, ho dovuto fare rifornimento prima di venire da lei. È un bel viaggetto."

Joe fece un piccolo sorriso.

"Ho tutta la spesa nella stiva, se mi fa gentilmente..."

Si spostò dall'abitacolo, ma non riuscì a muoversi con me fra i piedi. Tornai in me e mi feci da parte, ancora troppo stordito per parlare. Lui salì sul molo, aprì la stiva e tirò fuori le due borse frigo piene della mia dannata spesa.

E intanto aggiunse: "Immagino che tu abbia sentito parlare di Anna ormai. Finalmente ha venduto la casa di suo padre. L'offerta è arrivata quando era bloccata qui con te, in realtà. L'acquirente l'ha comprata in contanti il giorno stesso in cui è tornata a casa. Era così eccitata. Ha fatto subito le valigie ed ha preso il primo volo per Seattle."

Il vecchio spinse con fatica le pesanti borse frigo sul molo e i miei sensi rimasero attivi abbastanza a lungo da aiutarlo. Portammo le borse nella baita e Joe, molto gentilmente, mi aiutò a scaricarle. Per tutto quel tempo, il mio cervello si surriscaldò.

Non sarebbe tornata. Era partita. Era andata via.

Guardai l'aereo attraverso la finestra e mi voltai verso Joe. "Hai il suo idrovolante", constatai stupidamente.

Joe sollevò lo sguardo dalle borse con un'espressione leggermente confusa e rispose: "Sì, me l'ha venduto. Voleva regalarmelo, ma è una brava ragazza, meritava una ricompensa. Le ho dato i soldi che le spettavano. Avrà bisogno di denaro per sistemarsi laggiù. Comunque, le ho dato una mano col padre per diversi anni, immagino sia questo il motivo per il quale volesse darmi il suo aeroplano."

Eccolo lì; il colpo di grazia. Aveva venduto il suo

aereo, il suo unico mezzo per guadagnarsi da vivere in quella zona. Ciò significava che la decisione era definitiva. Era andata via, *per davvero*. Sbattei i pugni sullo sgabello della cucina e mi fissai le mani, mentre la consapevolezza prendeva il sopravvento.

Per evitare di essere una completa femminuccia mi schiarii la gola e feci a Joe l'ultima domanda che pensavo fosse ragionevole: "E sai dov'è? Ha lasciato un numero da chiamare... per ogni evenienza?"

Non avevo altro modo per contattarla. Non mi era passato per la mente di chiederle il numero quando era qui. *Ero un fottuto idiota*! Mi maledissi, infuriato per la mia dannata stupidità. Mentre me ne stavo lì a bestemmiare mentalmente, il vecchio borbottò qualcosa, e il mio monologo interiore si interruppe, quando mi passò un pezzetto di carta.

"Ha lasciato il suo numero di cellulare, dicendomi di chiamare qualora avessi avuto problemi con l'aereo o le sue consegne. Può servirti?"

Gli feci un sorriso a trentadue denti e copiai il numero sul mio telefono satellitare. Non c'era campo qui, nemmeno nel raggio di un kilometro.

Ringraziai Joe calorosamente e lo accompagnai al molo. Mi disse che sarebbe tornato la settimana seguente, saltò nella cabina di pilotaggio e tirò su l'ancora. In pochi minuti fu in volo e io corsi in casa con il telefono in mano. Cliccai il tasto "Invia" sulle sue informazioni di contatto e trattenni il fiato, mentre il telefono si collegava, poi cominciò a squillare. Una, due, tre volte.

Cazzo, Anna, rispondi!

A quanto pareva, mi sentì, perché rispose al quarto squillo, leggermente affannata e preoccupata. "Pronto?" disse.

Rimasi senza parole. Perfino la sua voce mi faceva venire il durello.

"Ehi? Joe? Tutto bene?"

La sua preoccupazione aumentò e mi scosse dal torpore, mi schiarii rapidamente la gola e risposi. "Ehm, in realtà sono io. Jack."

Il silenzio dall'altra parte della cornetta era assordante. Aspettai un po' e continuai: "Joe mi ha dato il tuo numero. Mi ha appena consegnato la spesa e... Non sei venuta tu. Che cazzo, principessa! Perché non mi hai detto che saresti partita?"

Sentii un piccolo sussulto dall'altro lato, come una specie di singhiozzo. Mi aspettavo una risposta, ma sentii soltanto il silenzio.

"Dannazione, Anna, parlami!" Sbottai, consapevole di aver perso la testa. La donna che amavo era a centinaia di chilometri di distanza e non avevo modo di raggiungerla. Non c'era modo di abbracciarla. "Va tutto bene? Stai bene laggiù? Dio, Anna, perché non mi hai detto che stavi partendo?"

Balbettò un po' prima di rispondere: "Ho provato a dirtelo, Jack, quel giorno in macchina. Mi dispiace tanto non avertelo detto, quando la casa di papà è stata venduta. Non sapevo come contattarti, e tutto è successo così in fretta. Sono a Seattle adesso, in realtà penso proprio di aver trovato un lavoro." Fece una pausa per un momento prima di aggiungere: "Sono davvero entusiasta di questo, Jack. Questo è quello che stavo sognando da quando mio padre è morto. La casa è stata venduta, ho avuto i soldi che mi spettavano e ora sono fuori dall'Alaska. Questo è quanto, è il mio grande sogno. Non posso tornare."

Riuscivo a sentire che si mordeva le unghie dall'altra parte, ovviamente in ansia per la mia risposta.

Mi presi un momento e respirai profondamente, cercai di riprendermi e chiesi: "Posso venire a trovarti? Voglio *vederti*."

La mia voce si ruppe un po' per la tensione e riuscii a trattenermi dall'*implorarla* di tornare da me. La sentii sussultare oltre la linea e capii che era sconvolta. Rimanemmo entrambi in silenzio per un momento, incapaci di parlare.

Finalmente si schiarì la gola e disse: "Jack, penso che entrambi sappiamo che non andremo da nessuna parte. Sì, ci siamo divertiti... *davvero tanto*. Ma le relazioni a lunga distanza non funzionano mai. E io merito di più."

Aveva ragione. Era giusto. Non avevo alcun diritto di chiederle di rinunciare ai suoi sogni per me. Avevo scelto una vita di isolamento lontano dalla civiltà. Ma Anna aveva troppa vita in lei per un'esistenza del genere. Quel suo fuoco interiore era una delle cose che amavo di lei.

Sentii un sorriso nella sua voce, un'allusione sessuale proprio sotto la superficie, ma parlò di nuovo: "E mentirei se dicessi che non ti ho amato, più di quanto avrei dovuto. Ma questo è *il mio sogno*, Jack. Questa è una cosa davvero importante per me. Non c'è niente per me in Alaska, Jack. Nient'altro che te. E questo è -"

"Non è abbastanza. Lo so, principessa. Lo so." Presi un respiro frammentato, mentre il peso della sua risposta si stabilizzava. Non sapeva che ero pronto a lasciarmi la baita e l'Alaska alle spalle, che avevo parlato con i miei cugini e che sarei andato a lavorare con loro. Che avevo finito con la mia reclusione solitaria. Pensai di vuotare il sacco, ma mi trattenni. Non volevo caricarla con le mie idee incerte e le mie aspirazioni. Volevo darle qualcosa di reale, onesto e costante. Lei era così, e questo era quello che meritava. E così dissi: "Anna, sono così orgoglioso di te. Guardati, dall'Alaska a una grande città." Feci un sorriso forzato, più dolce del solito ma offuscato dalla tristezza.

Sentii il crepitio del suo sorriso, lo strofinio della sua guancia contro il telefono, e capii che era giunto il momento di salutarla.

"Ne riparleremo presto, principessa. Buona fortuna

per il lavoro. Ti auguro soltanto il meglio," le dissi, cercando di passare per un uomo il cui cuore non fosse assolutamente in mille pezzi.

Di nuovo, sentii il suo debole respiro, poi un piccolo singhiozzo, prima che lei sorridesse e dicesse: "Ci sentiamo presto, ragazzo di città." Riattaccammo e tornai fuori, sul molo, e guardai l'acqua.

Il lago, gli alberi, le montagne in lontananza; tutto, ora, sembrava una prigione. Sentivo distese desolate davanti a me, percepivo il vuoto del luogo che mi circondava. Avevo capito, prima ancora della chiamata con Anna, che il mio periodo in Alaska era finito. Lei mi aveva costretto a tornare in vita, a svegliare delle mie parti che erano rimaste dormienti e doloranti per troppo tempo. Ora capivo che ero innamorato di una donna tosta come una roccia, indipendente ed esasperante, decisa a vivere il suo sogno. Capii di amare Anna perché inseguiva i suoi sogni fuori dall'Alaska, nonostante i miei migliori sforzi per farla restare qui.

Aveva costruito la sua vita e si era attaccata ad essa nonostante gli ostacoli sul suo cammino. Io invece che cosa avevo fatto di fronte agli ostacoli? Mi ero ritirato in me stesso, in questo posto. Mi ero nascosto dalla realtà, mentre Anna era corsa verso di essa. Mi voltai verso la baita e decisi che, sebbene fosse stata un rifugio per un po', non era più la mia realtà. La mia realtà era Anna. L'odore dei suoi capelli biondo-fragola, il suono della sua risatina sul mio collo, il fuoco nei suoi occhi quando litigavamo e ci insultavamo. E i suoi sogni e le aspirazioni. Tutte queste cose erano ormai parte della mia realtà. Feci un profondo respiro catartico e tornai nella mia baita, mi guardai attorno, vedendo davvero, per la prima volta.

Cazzo, non c'era nemmeno qualcosa che valesse abbastanza da esser messo in valigia.

CAPITOLO OTTAVO

nna

Due mesi dopo

Presi posto nella cabina di pilotaggio e tentai di sistemare il piano di volo che il mio copilota mi aveva appena consegnato. Notai che il volo era piuttosto breve, solo una breve sosta sull'Isola di Vancouver e poi di nuovo a casa. Le luci sul cruscotto lampeggiarono in modo rassicurante; in una cabina di pilotaggio mi sentivo sempre come a casa e questo mezzo non era diverso. Anzi, era molto più bello del vecchio idrovolante di mio padre. Il joystick non era caduto quando avevo alzato il muso, tanto per cominciare. Proprio allora, il controllore del traffico aereo gracchiò nelle mie cuffie e mi informò che il mio carico - due passeggeri e il loro bagaglio – stavano per arrivare. Tutto sarebbe stato pronto per decollare dopo dieci minuti o anche meno.

Da quando avevo cominciato col mio nuovo lavoro a Seattle, avevo trasportato persone, non più merci, verso l'isola di Vancouver, le isole di San Juan e anche luoghi più lontani a Washington. Non era proprio il mio sogno, ma era comunque un ottimo inizio.

Contai nella mia testa il numero di voli fatti fino ad allora. Questa volta non era così impegnativo come "Anna Air" in Alaska. Non dovevo più caricare e scaricare merci tutto il giorno. L'aereo che ora pilotavo aveva solo tre anni, i sedili erano ancora in morbida pelle e le prese d'aria non traballavano. Il mio era un appartamento nuovo di zecca, non una casa di cinquant'anni, completo di piscina coperta, palestra di allenamento ed eventi sociali per i single il venerdì sera. Avevo comprato anche una nuova macchina. Era piccola, color rosso ciliegia. Niente di troppo lussuoso, ma era tutta mia. Avevo parecchie migliaia di euro da parte e, se questo lavoro fosse stato duraturo, avevo già programmato di andarmene in Europa per il primo periodo di ferie disponibile. Volevo andare in Francia, vedere Parigi, la Torre Eiffel e mangiare un croissant che si sarebbe sciolto sulla mia lingua come scaglie di burro.

Sorrisi della mia fantasia. Avevo perso Jack. E quando gli altri single mi gironzolavano attorno, al parco, mi mettevo a navigare sui siti web di viaggi e pianificavo qualcosa. Era l'unico modo per reprimere il dolore nel mio cuore causato dalla sua mancanza.

Dopo un ultimo controllo della console di comando, mi misi in piedi nella mia camicia bianca e nei pantaloni pieghettati, i capelli riposti dietro il berretto della mia compagnia aerea, mentre guardavo davanti a me sull'attenti, pronta a salutare i passeggeri.

Vedendo arrivare il primo, sentii il cuore battere nel petto. La donna era alta, snella, con i capelli bianchi platino e una bellezza classica. Sorrise ampiamente nel vedermi, porse la sua borsa al personale di terra e allungò una mano per abbracciarmi.

"Anna, mia cara, sei *bellissima*!" tubò tirandosi indietro per guardarmi meglio.

"Signora Buchanan, cosa ci fa qui?" Riuscii a balbettare alla fine, scossa dalla presenza della madre di Jack. L'avevo incontrata solo un'altra volta, ad Anchorage, quando mi aveva assegnato le consegne di Jack, ma l'avrei riconosciuta ovunque. Aveva i lineamenti greci di Jack e il suo sguardo da "con me non si scherza".

Sapevo di essere stata scortese, specialmente in quanto sua pilota, ma il mio cervello non riusciva a connettere. "Volerà con noi oggi?" chiesi stupidamente; avrei voluto darmi uno schiaffo.

"Oh, tesoro, Jack non ti ha detto nulla? Siamo diretti all'isola di Vancouver per controllare uno degli investimenti di suo padre. Ho pensato che l'avresti saputo, una volta prenotati i voli con la tua compagnia aerea! Stupido Jack," sussurrò con fare cospirazionista facendomi l'occhiolino. La signora Buchanan si diresse al suo posto a tre metri di distanza e si sedette, chiaramente compiaciuta e soddisfatta di se stessa.

Proprio in quel momento, sentii passi più pesanti sulla passerella esterna appena fuori dalla mia vista. *Merda*. Sapevo che era Jack. Ero tentata dal nascondermi nella cabina di pilotaggio prima che salisse a bordo, e fu soltanto quel dito in culo del mio copilota, in piedi lì a ostruire il passaggio, ad impedirmelo. Respirai profondamente e digrignai i denti. Mi ero anche stirata i capelli e la parte anteriore della camicetta.

Il battito del cuore accelerò ad un ritmo allarmante, quando l'ombra di Jack penetrò all'interno dell'aereo e poi entrò nel mio campo visivo. Era ancora più bello ora, con quel completo elegante, con una valigetta nelle mani ruvide e mascoline. Si era tagliato i capelli, ma c'era ancora un inconfondibile riccio giovanile. I suoi occhi marroni mi sfiorarono il corpo, poi incontrarono i miei.

Entrambi rimanemmo immobili; il mio volto subì uno shock, mentre il suo divenne felicemente compiaciuto.

Jack si avvicinò di un passo. Nel piccolo interno dell'aereo, torreggiò su di me e bloccò il passaggio dietro di sé.

"Ciao, Principessa. Che strano rivederti qui," disse lui, dando pieno sfogo al suo sorriso.

Quel sorriso smagliante mi colpì come una tonnellata di mattoni e non potei evitarlo; risposi sorridendo. I suoi occhi marroni caddero sul mio sorriso, sulle mie labbra, e poi più in basso, verso il mio seno, sull'attenti da quando era entrato dalla porta. Le sopracciglia di Jack si sollevarono in segno di apprezzamento.

Alzai gli occhi al cielo ma, prima che potessi schiaffeggiarlo, mi prese entrambe le mani nelle sue e se le portò gentilmente alle labbra. "Anna, sei... stupenda. Pilotare piccoli aeroplani ti donava, ma questo..." si fermò e fece un gesto verso di me, come segno d'apprezzamento per la mia camicia attillata, i pantaloni e la faccia truccata. Arrossii e abbassai la testa per un momento, prima di tornare a testa alta, chiedendogli, "Che cosa ci fai qui?"

Il copilota mi chiamò e io, per prima, distolsi lo sguardo.

"Grazie per essere salito a bordo, signor Buchanan. Se si siede, presto partiremo."

Mi voltai intorpidita verso l'abitacolo, dubbiosa sulla mia capacità di pilotare un aereo stordita e ubriaca fradicia di Jack.

Ma Jack non era contento; mi mise una mano sulla spalla e mi fece voltare per affrontarlo di nuovo. "Anna, non sono venuto qui per il volo. Sono venuto qui per vederti. Per dirti che mi manchi, e che sono tornato a Seattle," disse, e mi guardò con un'emozione così intensa che i miei occhi si offuscarono.

"Che cosa? Io -" Cominciai a parlare, ma mi interruppe.

"Lascia che ti dica soltanto un'altra cosa e poi sarai libera di cacciarmi dal tuo aereo", mi pregò. Interpretò il mio silenzio come permesso di continuare. "Il giorno in cui hai lasciato la baita, sarei voluto venire con te. *Sarei dovuto* venire con te. Ma pensavo che saresti tornata. E poi non sei tornata." A quel punto cercai di intervenire ma, di nuovo, mi interruppe. "Shh, principessa, lasciami finire. Pensavo saresti tornata, ma mi sbagliavo. Credevo che saresti rimasta per me, ma sono stato un idiota. Ero egoista, pensavo che avresti cambiato tutta la tua vita per me, se ci fossimo impegnati per far funzionare le cose. Non ti ho dato l'attenzione che meriti," concluse con un sorriso enorme e capace di uccidermi, con delle scuse dipinte in viso.

"Cosa intendi?" chiesi, totalmente perplessa. *Attenzione per cosa?*

Jack baciò l'interno del mio palmo e fece un passo verso di me, prima di continuare: "Quando hai detto che te ne saresti andata, non pensavo facessi sul serio. Non volevo crederci. Mi sono nascosto in quella baita quando le cose sono diventate difficili, ma tu hai combattuto per quello che volevi e sei partita per ottenerlo, anche quando avevi la possibilità di imboccare la strada più facile."

Il rossore tornò alla carica, mentre i suoi elogi mi scaldavano dalla testa ai piedi. Neanche mio padre, nel dirmi che ero una grande pilota, mi aveva fatto sentire così capace, così forte. Tossii, mentre gli occhi cominciarono a diventare lucidi; *non* avrei pianto sul mio dannato aereo.

"Che diamine, Jack, non bastava una telefonata?" dissi a denti stretti, sbattendo gli occhi per trattenere le lacrime. Il mio copilota si spostò da dietro di me, ovviamente ascoltando, ma lo ignorai. Non si trattava di lui, poteva tranquillamente aspettare.

La risatina soffocata di Jack rimbombò nel suo petto, mentre si faceva avanti per avvolgermi in un abbraccio. Nel momento in cui i nostri petti si incontrarono, nel momento in cui la mia testa si annidò sotto la sua, entrambi sospirammo. Fu un sospiro di sollievo, contento e felice.

"Quando mi hai lasciato nella baita, mi sono sentito

così solo. Come se non sapessi cosa fare o dove andare, ma sapevo di non appartenere più a quel posto. Hai acceso un fuoco dentro di me, principessa. Negli ultimi due mesi ho lavorato con i miei cugini, ma continuavo a sentirmi perso. Come se non avessi più un rifugio, un posto che potessi chiamare casa. Ecco perché avevo lasciato Seattle in precedenza; avevo smesso di sentirmi a casa. Ma poi ho incontrato te", concluse, e baciò il bordo del mio cappellino da polita. Cominciò a baciarmi la fronte, le guance, e concludendo sulla bocca, come se quella fosse la fine della conversazione. Mi tirai indietro, confusa.

"Che cosa c'entra il sentirsi a casa con me?" chiesi, tirandomi indietro e incontrando il suo sguardo fisso su di me.

Jack mi sorrise dolcemente ed arrossì. "Sei tu la mia casa, Anna. Ovunque tu sia, lì è la mia casa."

Smisi di respirare, mentre le lacrime presero ad inondarmi gli occhi e a riversarsi sulle mie guance. "Pensavo che non volessi nulla di serio, pensavo che fossimo solo..." mi interruppi e affondai la faccia nel suo petto.

"Anna, no, <<solo>> niente. Sono stato un idiota e, sinceramente, anche tu lo sei stata", aggiunse ridendo, e riuscì a schivare il mio pugno a tradimento. "Ma eravamo destinati ad essere *qualcosa di più*, non credi?"

Lo sguardo intenso nei suoi occhi, mentre la sua fronte incontrava la mia, mi sciolse completamente. Lo baciai con tutte le mie forze e dimenticai per un attimo che ero una pilota su un aereo, che il controllore del traffico aereo mi stava parlando nelle cuffie.

Avevo appena baciato l'uomo che amavo con tutte le mie forze e... avevo sentito di essere a casa.

EPILOGO

nna

Quattro anni *dopo*

Ce ne stavamo seduti davanti al prato, sulle nostre sdraio in legno appena verniciate, mentre il sole tramontava dietro la fila di alberi. Arrostivamo dei marshmallows, uno per Julianne e uno per Aaron, entrambi troppo piccoli per maneggiare i bastoncini ardenti. Poco dopo fummo tutti coperti dall'appiccicume dei nostri snack e ridemmo quando Aaron, che aveva due anni e mezzo, si spalmò la cioccolata tra i capelli. Jack era seduto sulla sedia con me in grembo, con un braccio attorno alla mia vita.

L'estate era finita troppo in fretta, a quanto pareva, e quella mattina eravamo tornati a Seattle. Dopo esserci sposati e aver avuto Julianne, avevamo iniziato a passare del tempo nella vecchia baita di Jack, a sud di Anchorage. Ce li avevo portati io con l'aereo, ovviamente. Una volta arrivato anche Aaron, cominciammo a trascorrerci tutte le estati, immergendoci nella natura selvaggia dell'Alaska con i nostri due bambini scatenati. Io e Jack, ringiovaniti dai ricordi del nostro primo weekend lì, insieme, avevamo provato ad avere un terzo figlio durante quelle estati. Finora non eravamo stati fortunati, ma ad entrambi l'idea piaceva molto.

Dopo aver ripulito le piccole dita dalle briciole di marshmallow e cracker, i bambini corsero in veranda e afferrarono gli acchiappa-falene. Mentre provavano, senza successo, a catturare le falene che volavano intorno ai lampioni, Jack e io ci baciammo dolcemente alla luce del fuoco. Il calore e la passione di quei primi giorni lontani si sarebbero affievoliti con il passare degli anni, ma la baita faceva sempre riaccendere un po' quei tizzoni. Mentre una delle mani di Jack sfiorava la curva del mio culo e l'altra si tendeva per accarezzarmi il capezzolo, ridacchiai contro le sue labbra.

"Jack, i bambini..." lo rimproverai.

Si voltò verso i bambini e gridò: "Ehi bimbi, ho

intenzione di dare un bacio alla mamma, quindi non avvicinatevi, ok?"

Restai a bocca aperta, ma i bambini, impassibili, fecero a malapena una smorfia, "Bleah! Che schifo!" E continuarono a giocare.

"Jack, non puoi far..." Cercai di sgridargli, ma mi baciò più forte e smisi di parlare. Il suo bacio aveva sempre il potere di zittirmi, e lui lo sapeva bene. Anche dopo quei quattro anni, riusciva ancora ad eccitarmi e a farmi impazzire.

Jack interruppe bruscamente il nostro bacio e chiese: "Possiamo andare a letto adesso, principessa?"

Sapevo che non aveva intenzione di dormire, così annuii mordendomi il labbro. Salendo verso la cabina ci tenemmo per mano, mentre i bambini rimanevano lì, estasiati dalle falene volanti.

"È ora di andare a letto", ordinò Jack, ed entrambi piagnucolarono, proprio come fanno i bambini. Ma poi entrarono rumorosamente nella casa, si diressero giù per il corridoio e poi nei loro letti a castello, ora nella stanza che un tempo era lo studio di Jack. Demmo loro il bacio della buonanotte, e la mano di Jack mi sfiorò sensualmente la schiena, mentre mi chinavo per rimboccare bene le coperte ad Aaron.

Dopo aver spento la luce, chiudemmo la porta e ci infilammo nella nostra grande camera da letto; le mani di Jack già si davano da fare sotto la mia camicia. Mi sporsi verso di lui, mentre chiudevamo la porta, eccitati per l'ultima notte insieme nella *nostra* baita.

"Ti amo, principessa," sussurrò Jack sulla curva del mio collo, e io gemetti in segno di apprezzamento.

"Anch'io ti amo, ragazzo di città", risposi, e fui ricompensata da una sua grassa risata.

Ci buttammo nel letto insieme, fra tante risate e tanto amore.

Continua a leggere per un'anteprima del prossimo episodio di Cattivi Ragazzi Miliardari... con
Patto con il Miliardario.

LIBRI DI JESSA JAMES

Cattivi Ragazzi Miliardari

Una Vergine Per Il Miliardario

Il Suo Miliardario Rockstar

Il Suo Miliardario Misterioso

Patto con il Miliardario

Cattivi Ragazzi Miliardari - La serie completa

Il Patto delle Vergini

Il Professore e la Vergine

La Sua Tata Vergine

La Sua Sporca Vergine

Il Patto delle Vergini: La serie completa

Club V

Lasciati andare

Lasciati domare

Lasciati scoprire

Fidanzati per finta

Implorami

Come amare un cowboy

Come tenersi un cowboy

Una vacanza per sempre

Pessimo atteggiamento

Pessima reputazione

Ancora un altro bacio

Chiodo scaccia Chiodo

Dottor Sexy

Passione infuocata

Far finta di essere tuo

Desiderio

Una rockstar tutta mia

ALSO BY JESSA JAMES

Bad Boy Billionaires

A Virgin for the Billionaire

Her Rockstar Billionaire

Her Secret Billionaire

A Bargain with the Billionaire

Billionaire Box Set 1-4

The Virgin Pact

The Teacher and the Virgin

His Virgin Nanny

His Dirty Virgin

The Virgin Pact Boxed Set

Club V

Unravel

Undone

Uncover

Club V - The Complete Boxed Set

Cowboy Romance

How To Love A Cowboy

How To Hold A Cowboy

Treasure: The Series

Capture

Control

Bad Behavior

Bad Reputation

Bad Behavior/Bad Reputation Duet

Beg Me

Valentine Ever After

Covet/Crave

Kiss Me Again

Contemporary Heat Boxed Set 1

Handy

Dr. Hottie

Hot as Hell

Contemporary Heat Boxed Set 2

Pretend I'm Yours

Rock Star

The Baby Mission

L'AUTORE

Jessa James è cresciuta negli Stati Uniti, sulla costa orientale, ma è sempre stata affetta da una grande voglia di viaggiare.

Ha vissuto in sei stati, ha svolto tanti lavori ma è sempre tornata dal suo primo vero amore – la scrittura. Lavora a tempo pieno come scrittrice, mangia troppa cioccolata fondente, ha una dipendenza da caffè freddo e patatine Cheetos, e non ne ha mai abbastanza di maschi Alpha e sexy che sanno esattamente cosa vogliono – e non hanno paura di dirlo. Uomini dominanti, Alpha da amore a prima vista, sono i protagonisti delle storie che ama leggere (e scrivere).

Iscriviti QUI per la Newsletter di Jessa:
https://bit.ly/2xIsS7Q

www.ingramcontent.com/pod-product-compliance
Lightning Source LLC
LaVergne TN
LVHW011847060526
838200LV00054B/4207